山间四季皆滋味

杨庆珍 著

成都时代出版社
CHENGDU TIMES PRESS

图书在版编目（CIP）数据

山间四季皆滋味 / 杨庆珍著. — 成都 ：成都时代出版社，2024.11

ISBN 978-7-5464-3334-9

Ⅰ. ①山… Ⅱ. ①杨… Ⅲ. ①散文集－中国－当代 Ⅳ. ①I267

中国国家版本馆CIP数据核字(2023)第219311号

山间四季皆滋味

SHANJIAN SIJI JIE ZIWEI

杨庆珍　著

出 品 人　达　海

责任编辑　阚朝阳

责任校对　敬小丽

责任印制　黄　鑫　曾译乐

封面设计　寻森文化

装帧设计　成都九天众和

出版发行　成都时代出版社

电　　话　（028）86742352（编辑部）

　　　　　（028）86615250（营销发行）

印　　刷　成都博瑞印务有限公司

规　　格　165mm × 230mm

印　　张　15.75

字　　数　189千

版　　次　2024年11月第1版

印　　次　2024年11月第1次印刷

书　　号　ISBN 978-7-5464-3334-9

定　　价　68.00元

与身边万物惺惺相惜

杨献平

巴门尼德《论自然》一书中说："存在者存在。在这条途径上有许多标志表明，存在者不是产生出来的，也不能消灭，因为它是完全的、不动的、无止境的。它既非过去存在，亦非将来存在，因为它整个都在现在，是个连续的一。"存在即存在者，并且永生不灭，生生不息，循环往复，永无尽头。这句话的意思与"天地之大德曰生"（《周易·系辞下》）、"万物并育而不相害"（《中庸》）近同。我觉得，所谓的自然文学或者生态文学，其核心应当是呈现"自然对人的影响与塑造，人对自然的看法和态度"。人生于自然之中，乃是自然的一部分，而艺术家对自然的观察、发现与刻绘，是对自然的感恩式回馈，其中包含了敬畏、珍惜、慈悲与爱。

上述一番感想，源自读杨庆珍散文集《山间四季皆滋味》。杨庆珍的写作素材，皆源自成都平原与邛崃山脉过渡地带的广袤大地。相对于成都平原其他地方，这一带平原与丘陵相连，进而向山区递进，"七山一水二分田"是其自然地貌的形象状写。斜江河、粗石河、西河等河流纵横其中，苗基岭冠盖高耸。这样的地方，必定文脉深长、文学兴盛，对杨庆珍来说，更是一个福地。她的文学作品，如此之多的篇章里，字里行间，无不饱含生动氤氲的自然气息与整个川西南地区特有的繁盛与妖娆气质。

这本书呈现的都是山野蔬果，蔬果也是大地植物，与其他的草木有着同样的秉性与特点，更和人的生活息息相关。往大里说，正是大地上如此之多的植物建构起了人类的日常生活乃至绵延不息的生命，才使得人的现实生活充满了各种各样的滋味与感受，使人从肉身到精神，都得到了滋润、填补和充盈。如杨庆珍《隐居深山的鹿耳韭》中所说："春菜之味，如花在野，只有踏踏实实吃过几次野菜，才真正跟天地自然合拍。"所有的大地之物，与人都有着密切关系，是一个整体。杨庆珍《山间四季皆滋味》一书所表现的，正是这个主题，而这个主题最突出的特点是永无尽头。

对人来说，万物从来不言不语，它们都有着自己的生长规律与鲜为人知的秘密，人在其间，也只能去用心感受，用另一个生命个体的方式去观察、聆听，进而形成自己的印象与体验。我最喜欢她的《山妖来了》一文，这篇文章有一种亲切的妖娆之感，更有一种清秀灵动之气。她在文中说："山妖的香气凌空而来，像一把刀子割破了空气。"这样的句子，像诗歌一样令人怦然心动，一下子就深受感染。其中的陌生感来自人们对木姜子的形象化称谓，而用"山妖"为木姜子命名，体现了一种古老的智慧，也切中了木姜子的特性。还有她的《荠菜青青》一文，其中罹患疾病的女友和其丈夫的恩爱情景，叫我倏然动容。很多时候，植物对人精神的抚慰力量无与伦比，而这种人和人之间借助蔬菜表达和体现的爱意，更美好与罕见。

意大利作家翁贝托·埃科说："我相信，没有一个人是为了自己而写作的。我认为，写作是一种爱的行为——你写作，是为了付出某些东西给他人，传达某些东西，和别人分享你的感受。”《山间四季皆滋味》这本书，看起来是写各种山中蔬果，其实是借它们表达对万物的善意与爱意。在《刺梨的故事》一文中，她颇为深情地写道：“夏日山村，常见路边刺梨花开，颜色或粉红或淡紫，也偶有雪白，单瓣的柔软花朵，闪耀在绿叶丛中。花瓣中间是一圈金黄色花药，浓密簇生。花下是刺球般的花托，状如罐口。刺梨花是写在山野的诗。没有刺梨花，山野是荒芜的。”其中表达的对人之外的事物的热爱与尊崇之情，正是其对葳蕤世界的热爱之情——刺梨花开，整个山间都开始有滋有味起来，人的眼中有了美好的色彩，内心有了纯粹的情感寄托。

这种人与物互为映照，相互衬托，进而成为一种鲜活场景的写作，正体现了自然写作和生态写作的主旨，即在这个世界当中，人和万物之间的关系从来就是紧密的，尽管有物种在消亡，但必定会有新的物种诞生，这种循序往复、新旧交替的景观，贯穿了整个自然界的运动过程。杨庆珍的这些作品，书写的对象都是实存的，写它们在四季轮回之中的某些瞬间及其展现给世界的种种姿态。“野生猕猴桃的山野气息极为浓郁，而且香得干净纯粹，携带着山野自然中的植物百味。”“作为多年生菊科草本植物，青蒿经冬不死，入春因陈根而生，因此它也叫因陈或茵陈——多美的名字，含蓄，意味深长。”如此等等。她是在写植物，其实也在肯定和赞美一种品质——既是那些蔬菜的，也是人的。美德是这个世上最受人尊崇的，人从植物身上看到了另一个自己，也任由植物看到另一个“我”或者“事物”的存在。

《庄子·天道》中说：“夫虚静恬淡，寂寞无为者，万物之本也。”相对于人，物是一种恒定的存在，看起来不动，其实也在运动，只是人难以觉察而已。杨庆珍的这一系列散文作品，体现的是一种“物我相观照”的哲学境界。她在《芋艿的个性》一文中如此说：“我想起芋艿在地里的青枝绿叶。从前，母亲每年都要在自留地边种几棵芋艿，我们那里叫它芋荷，它的叶子宽大碧绿，跟荷叶一模一样。”在《让人欲罢不能的香菜》里，杨庆珍坦然而直接地说：“香菜，就像某些个性鲜明的作家、画家或导演，敢于直面更深邃、尖锐、敏感的内容，触及人性最幽微曲折之处，其作品也总是褒贬不一。赞美或者讽刺、非议，又有什么关系呢？《世说新语》里有句话说得好，‘我与我周旋久，宁做我’。”

关于做文章，杜牧在《答庄充书》中说：“凡为文以意为主，以气为辅，以辞彩章句为之兵卫。”杨庆珍的植物书写，是一种内外关照，既涉及朴素的乡村生活与个人体验，又深入事物的肌理与内核，且能在这一过程中完成对尘世和自我的“倒影”，从而使得这些文章有了沉实而又空灵的人间烟火气与生动郁葱的生命气息。正如超验主义者爱默生所说：“不论是僻远的山村，还是繁华的都市，都会有一些伟大的灵魂存在。我们向往伟大，逃避世俗的虚假；我们要用勇气来成就我们自己；我们应该热爱纯朴和美；独立自主，与人友善相处，服务人类，造福人类，这才是最最重要的东西。”

以上泛泛数言，权为杨庆珍《山间四季皆滋味》序。

目录

辑一 春日清鲜

辑二 长夏滋味

辑三 丰盛如秋

辑四 冬之册页

辑一 春日清鲜

一 春冲菜

每年初春，菜市口总有一个大娘在那里卖冲菜，往往一大早她就到了。当你到时，她已摆开阵势，地上摆放一个大肚黑釉瓦罐，里面装的尽是冲菜，黄绿湿润。大娘系着蓝布围腰，手提一杆小秤，一边招呼顾客，一边装菜、称重、收钱，动作麻利而娴熟。

冲菜是四川人钟爱的开胃小菜，春天的餐桌上倘若没有它，总觉得缺少点什么。不过，人各有爱，有人偏偏吃不惯这菜，怕它的“冲”。冲菜，顾名思义就是有一股子刺鼻的冲劲和辣味，吃得让人掉眼泪，有点类似于芥末。不过相较而言，芥末的冲劲更大，是一种强烈的干“冲”，而冲菜是富有韵味的湿“冲”，有菜薹的鲜美清香，更温婉柔和，有来自土地的气息。

买回家的冲菜还是半成品，需要依照各人口味再加工。锅烧热，舀入一大勺菜籽油，烧开后直接滚烫地淋在冲菜上，略撒些盐，加花椒面、白糖、酱油、香醋等，再来一大勺红亮的熟油海椒，拌匀后就可上桌。讲究些的，再放些花生碎或芝麻粒，滋味更丰富。除了麻辣脆爽以外，冲菜的神韵就在于“冲”，那是一种带刺激性的鲜香，逗引着味蕾，食之，口鼻酣畅，十分痛快。

母亲是做冲菜的好手。记得三十多年前，我在村小读书，每天中午都要回家吃饭。父母下地干活了，米饭在甑子里，拌好的冲菜在桌上，用纱笼盖着。盛上一碗热气腾腾的白饭，夹上一筷子冲菜，一入嘴，鲜爽中有一股辛香直冲脑门，快速咀嚼咽下，顿时，阿嚏一声，鼻涕眼泪都下来了。紧闭双眼，张大嘴，深呼吸，赶紧扒下一大口饭。接着第二筷子，又一次从鼻子“冲”到眼睛，赶快刨饭……如此几个循环，一大碗米饭已然下肚。最后喝上一碗热米汤，肚子饱矣。

旧时，乡下生活清苦，不在意春暖花开，春天就在一碟冲菜里。沉睡一冬的身体，正盼着被刚抽的嫩薹唤醒。春困人乏，整个人倍觉沉重，一碟冲菜落肚，就会醒神过来，身上的浑浊之气也被驱赶出去了。一位老中医说，这是因为冲菜一冲，气通了。

冲菜简单好做，家家主妇都会，所谓技巧，无非用心。从前母亲年年做，现在上了年纪，不大做了。疫情结束后，开春阳光好，雨水充足，眼看地里青菜纷纷抽薹，肥嫩茁壮，她又欣欣然做出一小罐。做法简单：摘取新鲜青菜薹，洗净、晾干，切成黄豆大小的碎丁，锅烧热，不加任何作料，以旺火把菜薹炒至断生、发烫，随即关火，迅速铲入一个口小肚大的坛子中，找一张大片的青菜叶将坛口封严，使其在湿热中自然发酵，闷捂几天，即成冲菜。与翠绿的菜薹相比，冲菜少了生涩味，色泽由鲜绿变成黄绿，既保留了原先脆嫩的口感，又增添了一层辛辣的鲜香，可谓更上一层楼。

冲菜遗留着农耕社会精打细算的气质。吃了一冬的青菜，已经老去不堪食，唯有菜薹还青碧碧、鲜嫩嫩，弃之可惜，不如制作一坛冲菜，这是物尽其用的朴素思想。再说，人勤春来早，开荒备耕、修剪果树、培育菜苗、平整秧田……每天干不完的农活，冲菜抓出便可食用，也节约做菜的时间。一举数得，岂不妙哉？

冲菜传承至今，仍有许多拥趸，我想，很多人在怀念这一口鲜。其实冲菜也在提醒着生活条件改善后的国人：你可以食不厌精，但别忘记，食亦有道，在饮食中坚持勤俭节约，这是几千年代代相袭的传统，绝不可丢弃。

某次茶聚，大家闲聊起冲菜的做法，某茶友笑曰：冲菜和传统蒙顶黄芽的做法惊人地相似，有异曲同工之妙，都是“闷”出来的绝好滋味。采摘回家的茶芽，当日便进行摊晾、炒青，然后以土纸包裹好，置于尚有余温的灶台上，闷一夜之后再烘干，黄芽基本做成。冲泡出来，汤色黄中透碧、金毫显露。

与绿茶相比，黄芽增加了一道闷黄的工序，咖啡碱和茶多酚被氧化，苦涩味减少，内含物质更丰富，并且产生出一种独特的竹沥香、鲜甜味。细品之，既有绿茶的鲜爽，亦有闷黄工艺催生的甘醇，茶性变得温和，久饮也不必担心胃部不适。

冲菜和黄芽，相似度确实很高。它们的出现，正好满足春困缠身或长期宅家、缺乏运动的人群需要。有时候，唤醒我们的不是春风春雨，也不是莺歌燕舞，而是一碟冲菜，或者一杯黄芽。

是什么成全了黄芽和冲菜？无非是温度、湿度和时间。简单地说，就是闷一闷，在湿热的环境里捂一捂，令其自然发酵，然后，它们便华丽转身，摇身跃登新的境界。当然也有人说，这是制作者的心情使然。

生活中有很多事与此不谋而合。

想起近来正为一桩令人焦头烂额的事所困扰，进不能进，退不能退，干着急，但于事无补，徒然心发狂。连续的失眠弄得人精神萎靡，面容憔悴。朋友看不下去，直言劝我：且慢，且静，且饮一杯茶，何必急迫，一切皆有定数，不强求，不畏惧，随顺因缘。凡事闷一闷、捂一捂，说不定哪天就柳暗花明了。

我听罢默然。恰在此时，弟弟捎来母亲捂熟的冲菜，网购的蒙顶黄芽也正好寄到。外面蓝天暖阳，我一边品尝冲菜的脆嫩微辣，一边细品甘美茶汤，它们仿佛合成一股奇异的力量，推动着我，关节一点点变灵活。我终于释然：行走世间，需要保持稳定心态，安安心心做事。学习菜市口的大娘，认真做好冲菜，能给人提供一碟下饭小菜，已经足矣。其余的事情交给命运，人需要臣服于命运的安排。再说，得失宠辱也不过是云烟，心要敞开，要全然接纳每一个活生生的此刻，然后才谈得上超越。

真正的快乐，生长在清醒的觉知中。华枝春满，云淡风轻。

一春冲菜，其中有味，亦有道也。

那锯齿形的绿叶，是无数柔弱的小刀，
彻底收割冬天，带给人春的激动和欢欣。

谁谓荼苦？其甘如荠。

荠菜

荠菜青青

立春后，大地打个哈欠，草木便一一睁开眼睛。最先苏醒的是荠菜。贴地而生的它们，感受到阳气升腾，争先恐后地发芽、泛绿。你侧耳听，一棵新绿歪着头张望另一棵，好像在说："记住母亲的话，多站在阳光下。""好的。"另一株荠菜仰起脖子回答，"你也要抓住根须下面的泥土，别让风刮走。"

荠菜是大地的情意。野火烧不尽，春风吹又生，给人无穷尽的希望。那锯齿形的绿叶，是无数柔弱的小刀，彻底收割冬天，带给人春的激动和欢欣。

荠菜的绿色进入人的眼睛，清鲜的气味飘进人的鼻孔，人就坐不住了。寻一把小铲刀，提个小筐，直奔春光而去吧！与其说是撬荠菜，不如说是踏青。视野里一片新绿，天宽地阔，无论有多少压力和郁闷，都能回归宁静。"归宁"，这个来自《诗经》的词语，与其说意是回娘家，不如说是回到天地间，自然才是我们的娘亲啊。

荠菜是最能代表春天味道的野菜。地不分南北，人不分老幼，谁能拒绝它的鲜嫩清香呢？很多年前，读过女作家张洁的散文《挖荠菜》，诗一般的意境，引人入胜。她的童年记忆里，充盈着荠菜的鲜香，岁月再艰难，人世再苦楚，只要有荠菜的温暖清香，就不乏美好的记忆。

我有个女友尤嗜荠菜，年年不忘采挖。去年春节前因病住院，化疗之后头发纷落，心情郁闷，食欲全无，成日恶心呕吐。问是否想吃什么，皱眉半天，唯独巴巴地惦念那一口荠菜之鲜。可怜她的夫君，冒着立春的料峭寒风，在田埂上来来回回寻寻觅觅，好半天终于撬得鲜嫩的一小把，包成几只水饺，送进病房。

女友吃得津津有味，脸上浮起笑意，病情似乎好转。查病房的医生见了，也含笑点头，说荠菜营养好，富含硒和其他多种微量元素。

荠菜进入中国人的食谱，已经几千年。《诗经·邶风》里有人在吟唱“谁谓荼苦？其甘如荠”，可见古人早已知晓荠菜的甘鲜。荠菜粥，古称“百岁羹”，说是老人常食，防病延年。李时珍在《本草纲目》里记述如下：“冬至后生苗，二三月起茎五六寸，开细白花，整整如一。”简短干净的文字，像初春的荠菜。李时珍还在书里明确指出：“荠菜粥，明目利肝。”我眼睛近视，最渴望明目，煮过多次荠菜粥。慢火，煮至米粥黏稠，再下嫩荠，大米的软糯与荠菜的鲜香相互成全，彼此抬爱，融洽如一。吃毕，似乎眼睛清爽许多。

万物复苏的春天，冰开雪化，到处涌动着勃勃生机，这种生长之力源源不绝，其能量绝非药物可比。春养肝，肝主目，青青荠菜为人体注入动力，正是顺理成章的事情。

很多人喜欢包荠菜水饺。荠菜剁碎，拌上鸡蛋或鲜肉，再加入盐、葱、姜末、菜籽油等，调成鲜翠的荠菜馅。煮熟后的荠菜饺子，夹起一只，透过白嫩的面皮，隐隐可见葱绿一团，咬一口，清香鲜美，美妙无匹。食毕，唇齿留香，吐纳之间，全然是春天的幽幽清气。难怪女友病中唯念它。

最简单的是荠菜做汤。熬一锅乳白的骨头汤，荠菜下进去，略微烫一烫，就可上桌。进餐前先喝一口汤，其味清而不淡，丰而不腻，温柔地唤醒肠胃。再伸筷夹一根荠菜，青碧碧的，入嘴咀嚼，香味无可比拟，让味蕾瞬间开出幸福的花朵。

田野里的荠菜花开了。那一簇簇白色小花，似满天星光，随风摇曳，匍匐在田头溪边，微笑着，以柔弱胜刚强。花白而繁密细碎，星星点点落在青草间，又像一块绿底白花的棉布料子。

春天，我喜欢在野地小睡片刻，补地气。铺一张垫子倒头就睡，微风吹拂，树影摇晃，在阳光下与荠菜共眠，能闻到草香和泥土馨香。离得最近的一丛荠菜花，投下阴凉和静美。如此，在朦胧中睡一小觉，人好像重新活了，甚为美妙。

荠菜开花了，还能吃吗？可以煮鸡蛋。把开花的荠菜与鸡蛋一起入锅煮熟，然后把鸡蛋敲出裂纹，浸泡在荠菜汤水里，至鸡蛋入味即可。书上说，荠菜花煮鸡蛋，可清火、祛毒、避邪。我试过一次，煮好的鸡蛋呈豆绿色，吃起来有如烟如雾的清香。这是春天里好玩的小趣味。

开花的荠菜，不几天便结出三角形的角果，形似三角包。荠菜的种加词来自拉丁语，意思是“牧人的钱包”。牧人口袋里有许多饱满的种子，鼓鼓的，多么富有。荠菜青青，牛羊成群，仰望蓝天，还有白云朵朵。那些云，是神在天上放牧的羊群。羊肥美，岁月丰饶。

也许，可以换句话说，荠菜的角果是春天的钱包，收藏着一年的财富。

人说，荠菜可以占卦，春天荠菜长得好、结果多，这一年必定风调雨顺，庄稼丰收。

扫码听书

棉花草和青团

正月里，柳梢刚蹦出鹅黄的新芽，就像春天在门口探头探脑。闲来无事，跟一个旅居外地的朋友微信聊天，她忽然说："想吃棉花草馍馍了！"我笑道："你是在春节里大鱼大肉吃腻了，才想起这春食吧？"

她在那边幽幽地叹口气："那可是小时候的味道。"

春风含情，春雨有意。春风一吹，春雨一浇，川西坝子的田边沟坎上，便钻出许多鲜嫩的芽苗。下地干活的间隙，主妇们都会顺手摘点棉花草、荠菜、蒲公英等。这些野蔬携带着泥土深处的气息，为餐桌增添了时令感。春天有多少花色，春菜就有多少做法，或拌，或炒，或煮，无论如何烹调，一入口，一股子鲜腾活力就被送进身体，瞬间唤醒记忆。哦，春天真的来了！

难忘一菜，是母亲做的棉花草馍馍。

棉花草，有的地方叫清明草，是在田间地头贱生贱长的野菜，学名鼠曲。这名字有点奇怪，我专门去查。先查字典，说曲是用来酿酒的，似与眼前的植物无关。又查《本草纲目》，其中有言："曲，言其花黄如曲色，又可和米粉食也。鼠耳，言其叶形如鼠身，又有白毛蒙茸似之……”曲，就是古代的酒曲。这种草开出的黄花和酒曲十分相似，同时因为叶片灰绿色且长满银茸，毛茸茸的像老鼠，所以得了个“鼠”字。

鼠曲草无过，但我还是讨厌跟老鼠相关的东西，它总是令人联想到鼠眉鼠眼之类的丑陋意象。我还是喜欢它在川西坝子的土名——棉花草，朴素贴切，采摘时手感是柔软的，仿佛触及棉花，触及一簇绿而灰白的梦。掐断草的茎秆，便有白丝牵得很长，极像棉花丝。

每年早春，棉花草不知不觉从地里冒出来，挺起腰肢自由

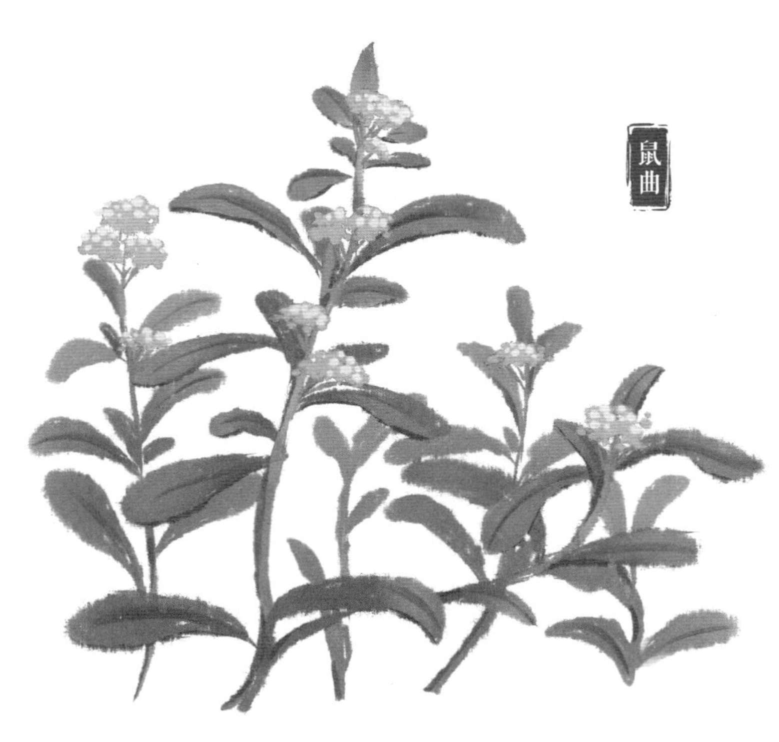

生长，一丛丛离披着，纷染着初雪一般的淡白。它们看似弱小卑微，但意志坚定得很，目标笃定，始终不肯放弃努力，不卑不亢地迎风招展，沉默地完成自己的生与死。

棉花草极易老去，大约半个月工夫，茎叶间伸出花秆，顶上冒出黄色花苞，草就变得木质化，失去本来的风味。所以，母亲总要赶在棉花草的花苞未出时，为我们制作一道美味。

棉花草，正是母亲教我认识的。过去正月农闲，母亲问我："想吃馍馍吗，走，跟我一起去讨棉花草。"川西人说的"讨"，意思是摘，我觉得"讨"字颇有古意，是向天地自然讨来，有感恩之意。

美食的得来，总是淘神费力。先是推糯米粉子。酒米里混入四分之一的籼米，浸泡一天一夜，磨成米浆，滴干水分。再去田埂上、野地里摘来棉花草，挑选茎叶肥嫩的，仔细洗净切碎。

然后就是体力活。将棉花草放入石臼，先用木槌捣成泥糊状，再加入湿米粉，继续捣。最后，洁白的米粉和翠绿的棉花草彼此交融，变成青翠鲜润的米团，散发着独特的清香。就像一片荷叶改变米粥的容颜和心境，食材搭配里的神秘嘉宾往往有着意想不到的妙处。棉花草正是如此，它的加入让米粉焕然一新，不仅颜色变绿，其丰富的纤维还增加了米粉的拉丝感与黏合度，从而变得更加紧致、更富弹性。

捣好的米团光滑柔润，有丝绸的质感。揪成一个个小团子，搓成球状。再将面球摁扁，捏出一个窝窝，包入刚炒好的豆干腊肉葱花馅料，慢慢搓成滚圆的馍馍。最后，馍馍下面垫一张柚子树叶，上笼蒸。

灶膛里不断填入柴火，十几分钟后，一锅香喷喷、油浸浸的棉花草馍馍就可享用了。盛在盘子里，青绿黄亮，光看颜色就很诱人，再煮一碗新鲜菜薹，切几片香肠，就是一顿不错的餐食，餐桌因此春风荡漾。全家人都爱吃棉花草馍馍，我能连吃三个。一口咬下，有牵丝如缕般的柔韧感，紧接着，草的清鲜、糯米的软糯、腊肉的丰腴、豆腐味和葱香，一齐涌向舌尖。正是：一口青韵绕，满口余香生。

此时的母亲，抹一抹额上的汗水，眼角都是笑意。

母亲出生在20世纪50年代，经历过大饥馑。她说，食物最匮乏的时候，很多人靠棉花草续命。

棉花草馍馍，对现代人来说是大自然赐予的春日珍馐，对母亲来说，是她不能忘记的艰辛岁月。母亲沉默地吃馍，一言不发，不知是在专心享用，还是回忆起什么。她也许想起我的外祖母。母亲曾说，外祖母生我小舅时，月子里营养不良，家里一群嗷嗷待哺的孩子，又正逢农忙时节，只得拖着虚弱的身体下地干活，栽秧、割草、喂猪、做饭，落下许多毛病。外祖母最后身患肺结核，大口大口咯血而死。她去世之前吃的最后一餐，是棉花草饭。那时粮食不够，人们常会在米饭、粗粮里掺和棉花草，或蒸或煮，用以充饥。

时光如水。忽然一天，棉花草馍馍成了“网红”，许多“00后”也在追捧这田间珍馐。一到初春，朋友圈里都在晒它，有人直接管它叫青团。事实上，它虽是青绿的团子，但并不是青团。

青团是江南的点心。清代才子袁枚在《随园食单》中写道：“抱青草为汁，和粉作糕团，色如碧玉。”风雅动人，鲜翠之气扑面而来。

一个偶然的机会，向客居杭城的朋友求证。朋友说，这里边应该有更深的文化原因，听当地人说起青团，语气和眼神都是爱恋。但是，江南青团中的“青”，并不特指某一种青草。冬小麦新抽的嫩芽青翠欲滴，做出来的青团鲜翠漂亮，是春天的新绿；青蒿做出来的青团则是深绿色，更有醇厚的感觉。除此之外，还有鼠曲、泥胡菜、水菊，甚至菠菜也可以成为青团中香气和青色的来源。

朋友进一步说，江南人做青团，正如袁枚所言，先榨取植物青汁，再混入米粉，揉成面团，包入馅儿，入笼蒸熟。出笼的时候，在表面刷上一层油，一是防止粘连在一起，二是入口时添些润滑软糯的口感。传统青团的馅儿是甜的，以砂糖、猪油、红豆沙、芝麻混合而成。

听说我在写青团，朋友快递寄来一盒。蒸热后，油绿如玉、糯韧绵软。这来自江南烟雨地的青团，从色彩到口感都饱含着春天的气味。各种味道都有，滋味自然是不错的，但与四川的棉花草馍馍相比，少了一种牵丝感，说明二者只是相似，并不相同。

让我惊讶的是，青团也在与时俱进。咸蛋、肉松等食材的加入，丰富了青团的品种。为了博取年轻人的欢心，更有五花八门的新奇口味加入进来：海苔肉松馅儿、芝士奶酪馅儿、爆浆芒果馅儿，甚至有生椰拿铁馅儿。于是，青团成了一种新的美食想象，似乎只要是青色的皮儿，再包上馅儿，都能叫作青团。但是它好像又离青团更远了，因为你可以叫它“青团”，可以叫它“青胖”，或者叫它“大福”。

名字的背后是文化，是一个美食沉淀的历史。春天的这些口鲜，品类丰富，但无论哪种，指向的都是青绿、软糯、香浓。人们对它的喜爱，都源自“食随时变”的仪式感。

忽然想起外祖母的棉花草饭，她若地下有知，不知作何感想。我挑出两个肉松青团藏进冰箱，清明去扫墓，可以供奉在老人家墓前，伏惟尚飨。

最近天气回暖，棉花草纷纷冒出嫩芽。在川西平原，它们太多太多，连小区的草坪边、砖石缝里都有，柔软的嫩灰白，透出清淡幽香。散步时，我会情不自禁摘下几叶，摊放在手心，揉碎了低头嗅闻，从清新的草香中回味童年的味道，它们携着天地的灵气，将早春的情韵洇染开来。

是时候该吃棉花草馍馍了。时光不等人，再不吃，它们就会老去。春天这么短，兔子尾巴一样。周末，我要像母亲当年一样，带着女儿做这道春食。也许，多年以后，棉花草馍馍也会在她的记忆里发酵，变得更有意义。一代人有一代人的记忆，一代人有一代人的口味，但我还是希望棉花草馍馍岁岁芳香。

『椿』日限定

餐桌上一盘香椿芽，是我刚做好的凉拌菜。这道菜，“手残党”也能操作，没有任何难度。香椿芽择好洗净，温开水里烫一下（开水烫久了不香），捞起切碎，拌以盐、醋、麻油、豆瓣、海椒，即成。细嚼椿芽，满口浓烈之香，简直是一场味觉的暴动。窗外的油菜花开得铺天盖地，那是另一场暴动，它们竖起金黄的旗帜，要推翻冬天的专制，把馥郁的浪花翻涌到盆地里。

我还能做椿芽拌豆腐。香椿稍微焯水，切成碎末，置入碗内，加盐、味精、麻油、菜籽油，拌匀后浇在豆腐上，吃时用筷子拌匀。豆腐的鲜嫩与椿芽的浓香混合在一起，相互吸收对方的长处，又坚守自己本色，像琴瑟和谐的夫妻。

有时候吃得繁复一点，椿芽煎蛋，这是对厨艺的考验。香椿切碎，跟蛋液搅拌均匀，倾入热油中。不用锅铲，轻轻转动铁锅，让摊成的鸡蛋饼均匀受热。差不多了，抓住时机一抖锅，圆圆的蛋饼完美翻身。火候也要拿捏好，火大了，鸡蛋和香椿迅速老掉，甚至焦黑。一切正好，蛋刚煎熟，香椿依然青春扑面。一手端锅，趁势侧倾，一张圆饼便盛放在白色瓷盘内，金黄嫩绿，鲜香撩人，一口落肚，陡觉腹中春气荡漾。好在不是春心荡漾，年岁见长，心神安定、心静如水比什么都好。

每年春天，就惦记着这一口椿芽。这实在是不可多得的蔬菜珍品，并且椿芽最好吃也就只有几天，真正是“椿”日限定。老话说：“雨前椿芽嫩如丝，雨后椿芽生木质。”

这个说法其实不准确，要看每年春日气温，在温暖的四川盆地，一般还等不到谷雨，香椿芽就开始变老、长成树叶，纤维粗老，香气和营养都已是明日黄花。一般也就是清明前夕，偶尔碰到大爷大娘提了小篮售卖，捆成小把，长约两寸，色泽猩红微紫，拿起来嗅闻，喷喷香。再过几日，你满街搜寻，掷千金也买不到椿芽了。

四川人称呼椿芽为“椿巅”，我很喜欢这个名字，长在树巅的极品蔬菜，格调高，位居春菜之巅峰。但是，并非所有人都喜欢它。喜欢和不喜欢香椿的理由，都与其味有关。

在喜欢它的人眼里，香椿有异香，是香风簇簇、枝头灿烂，他们将椿芽奉为至味，换着花样儿吃，甚至焯过水，封装成小袋置于冰箱，慢慢享用；不喜欢的人呢，闻到它的味道，避之唯恐不及。有人就跺脚说，香椿对这个世界究竟有多大的怨恨呢，散发出如此鬼畜般催呕的气息？香椿的气味实在是一言难尽，这也使人不由得好奇，它何以散发如此浓烈的气味？

玫瑰有刺，是在拒绝人的亲近；而香椿的自我防卫，则是用浓烈的、一言难尽的气味。香椿的目的，是警告食草动物——这里是禁食区，最好离我远点。

春天万物竞发，核桃树的嫩芽娇嫩可人，跟香椿极为相似。

我的学生杜星是鹤鸣山人，家有几亩核桃树，她说，每年春天，上山挖野菜的人掰掉许多核桃树芽，她索性在核桃树上挂了牌子："这不是香椿，是核桃树，小心有毒！"

跟椿芽长相相似的，还有漆树芽，漆树芽颜色稍微浅淡些，两者很难分辨。漆树芽更不能吃，它是会"咬人"的，人若碰触皮肤就会红肿。

臭椿与香椿，听起来仿佛是亲戚，其实不然，前者为苦木科，后者为楝科。顾名思义，臭椿奇臭难闻，它时刻散发着臭鸡蛋般的气味，令人闻之逃避。有意思的是，臭椿的命运与香椿截然不同，它成功地用气味保护了自己。

没有人或食草动物愿意上前，臭椿便一门心思长高长大。终于，臭椿把自己长成了樗，也就是庄子《逍遥游》里的大椿："上古有大椿者，以八千岁为春，八千岁为秋……"大椿如此长寿，究其原因，是大而无用，"立之涂，匠者不顾"，无人问津，可以与"天地同修，日月同寿"，成就高耸入云的伟岸。

模样相似的两种树，因气味迥异，便有了命运的殊异。念及此，我对香椿的感情变得深沉起来。它何尝不是真正的给予者？一意孤行，毫无保留地付出自身，这或许正是它的深情所在。

有趣的是，有些人不敢吃椿芽，畏惧它是"发物"，怕吃后激发出一些潜伏痼疾，比如哮喘、过敏性皮炎、荨麻疹等。这也正是发物的威力，凡是向上生发的东西都具有驱寒益阳的作用，相当于助推器，又好比照妖镜，若是体内有伏邪，吃后便会显影，健康人但吃无妨。过去村里老人爱说：吃了椿巅，百病不沾。意思是春天新陈代谢旺盛，椿芽就像新引擎，最能激发人体阳气，那种浓郁的储存着神奇能量的自然香味，会提携着人的身心一起飞升，迸发出生命的昂扬激情。

《黄帝内经》有言："治之以兰，除陈气也。"吃一碟椿芽，跟闻兰草花香，本质上都是取其气，用以化湿、醒脾、辟浊。

又一年椿巅上桌，有人在举箸沉吟，吃否？

隐居深山的鹿耳韭

春天的餐桌上不断冒出惊喜，各种野菜你方唱罢我登场。立春有荠菜，惊蛰开始吃鱼腥草嫩芽，接下来是马齿苋、蕨薹、水芹菜、鹅脚板、蒲公英……采食野菜，在我国可谓源远流长。相传古代帝王春日祭祀，都会吃上一顿野菜宴，食素斋，净化身心，以表对天地的虔敬之心。

在野菜家族中，鹿耳韭独领风骚。倘若其他野菜的鲜美度为五度，鹿耳韭一定是十度。因为其味香浓，让人一旦闻到，食欲的大门就会大开。

春分节气，携友伴进山徒步。深深呼吸，在山林草木面前，我们是快乐的孩子。回归自然，这才是真正的治愈。远处青山空蒙，近处草木郁葱，鸟鸣装满辽阔的空间，四野愈显空寂。山莓正在开花，杜鹃开得大团大朵，遍地野菜，品种繁多，无法一一记述，它们各自生长，安然有序。我们每人都挖了一些，蕨薹、蒲公英、鱼腥草。带去的水果吃完，塑料袋子正好腾出装野菜。

这座山里有没有鹿耳韭呢？我问带队的向导。他摇头，这里海拔低了。

没想到在午餐桌上遇到了它。一盘鹿耳韭炒腊肉，色泽翠绿，牵动所有人的嗅觉和目光。惯演主角的老腊肉退居二线，它的肥厚丰腴仿佛是背景，就为了烘托鹿耳韭的脆嫩鲜爽。没吃过鹿耳韭的人，夹一筷子入嘴，立马就失色——舌尖上乾坤颠倒、天旋地转，一种似葱非葱、似蒜非蒜的妙香，裹挟着山野之气，海啸一样席卷而来，香得让人差点跳起来。鹿耳韭就是那么香，一种惊心动魄的香！

中国的韭菜种类多，常见的都是细叶韭，鹿耳韭是少见的野生宽叶韭。它的外国名字叫熊葱，说是熊在冬眠结束后，会循着气味来吃它，帮助自己苏醒。据此推测，鹿耳韭里一定有什么特别的物质，能激发身体的生发之气。

熊葱在很多欧洲国家都有分布，常生长在森林树荫下，外国人也喜欢吃，主要是当作调味品，或者拌成沙拉食用。熊葱在国内叫鹿耳韭，因为它的叶子形似鹿耳，这名字听起来比熊葱可爱多了。

鹿耳韭生长在深山老林，有幸品尝过它的人并不多。山里人识得好货。每年暮春，居住在西岭雪山的村民会结伴去挖野韭菜。在海拔2000米以上的坡地山谷，运气好的话，能找到成片分布的鹿耳韭，蓬蓬勃勃，青绿茂盛。村民说，如果不确定它是不是鹿耳韭，搓一搓叶子，带有蒜香味的就可以肯定是。蹲下采摘，只折叶子，不伤及根部。鹿耳韭的椭圆形叶片茁壮肥嫩，上面挂着晶亮露珠，如璀璨钻石在风中闪耀。

大山连绵起伏，沟谷深幽，云雾弥漫山间。鹿耳韭生长在云雾深处，与野生散落的兰草为邻。它们都属于隐世的高人，不同之处是，兰草习惯孤独，在空谷里花开花谢，独自芬芳，鹿耳韭却总是成片生长。为了生存，鹿耳韭会团结在一起，用根须牢牢抱成团，深深地扎到土地里，盘根错节，同生共长。

因为恋其美味，很多人曾经尝试移栽鹿耳韭，最终遗憾地发现：栽不活。也许它对土壤和气候过于挑剔，但我更愿意相信，它对空气和声音都是敏感的，环境稍有污染，它就拒绝活着。就像我曾在凉山州见过的马湖莼菜，这种水生植物品性高洁，像不食烟火的仙女，对水质、气候、土壤、阳光等条件要求极高，只有在极端清澈的水域才能成活，水体稍有污染，它们便会成片死亡，直至绝迹。

鹿耳韭是一种药食两用的植物。一个朋友告诉我，羌族人喜欢生吃鹿耳韭叶，取其败毒、祛风湿的功效。如果你行走山林，遇到鹿耳韭，不妨尝试一下，估计脆嫩多汁，味道不错。不过请记住，只采叶子别挖根，要珍惜，这既是对鹿耳韭真诚质朴的尊重，更是对自然、对一切美好事物的疼惜。鹿耳韭是友善的，来年春天，它会离开山野丛林，欣欣然来到你的餐桌，与你再次相逢，让你吃春嚼香，品味自然的纯鲜滋味。

韭菜本来就是起阳草，只要根部存活，它们会割一茬长一茬，为了我们的身体和灵魂，海浪般不断涌来，让我们投入春天的怀抱，像一条鱼甩动尾巴，欢畅地游进更深广的水域。

春天对我而言，是胃口最好的时候。总觉得，春菜之味，如花在野，只有踏踏实实吃过几次野菜，才真正跟天地自然合拍。熊吃了鹿耳韭，豁然苏醒过来，人吃了也是，浊气一走，肺腑里都是悠悠清气，迈出的步子小鹿一样轻快。

吃春，是中国人历久弥新的习俗，也是一种历久弥欢喜的生活理想，是所有理想中最接近现实、最容易实现的，包含在因时因地而食的大范畴里。我想，这与其说是饮食观，不如说是一种人生观。惜春春常驻，细水长流，万物与我们同在，彼此共存。

唯愿年年春回大地，鹿耳韭生生不息。

扫码听书

苕菜记

又是吃苕菜的季节。乡坝里走一圈，掐一把苕菜尖，回家便可以炒一盘春馔。倾入热油锅中，苕菜在高温中瞬间断生，由原来的浅绿变得深青，入口清香脆嫩。苕菜没有野菜常见的清苦酸涩，有人用它煮汤，或者切细做羹，甚至做包子馅儿。

苕菜是上得台面的。川菜中有一道名菜“苕菜狮子头”，五花肉剁碎炸成“狮子头”，搭配新鲜苕菜嫩苗烹煮而成，吃起来肥瘦适宜，清甜柔软芳香，调和脏腑，不啻人间美味。很多外地人吃了，连声赞叹说“川菜也并非一味麻辣呀”。是的，这道菜其实正是川菜“清鲜为底”之明证。

有个朋友特别爱吃苕菜，在农贸市场上偶尔遇到苕菜，他是一见必买。很多上年纪的人，对苕菜都有很深的感情。艰难年月，每年开春青黄不接，苕菜作为一种果腹的菜蔬，喂养了很多人。

四川人吃苕菜，有近千年的历史。苕菜学名“小巢菜”，“巢”和“苕”发音极其相近，据我估计，是语音上的演变。

苕菜有野生，亦可栽种。父亲说，20世纪70年代初，生产队每年都要种几亩田的苕菜，它们长得快，嫩芽叶可以摘来吃，等到叶茎老得不能食用时，就割下来喂猪喂牛。要耕田了，剩下的苕菜被连根翻起，它们化作绿肥，滋养新一轮庄稼。

现在，父母已经不再种地，但他们见不得土地空着，总要见缝插针种点小菜。冬天，母亲找块闲置的荒地，撒下一把苕菜籽。开春地气一回暖，苕菜籽很快萌出绿意，不几天便是茸茸一片。它们匍匐于地面，或攀爬在旁边的植物上，绿得柔嫩，有清香味，叶片和须茎近似豌豆苗，但更纤细。

苕菜大量出来时，根本吃不赢（四川方言，意思是吃不过来）。它们长得很快，摘了又发，你越摘，它们发得越多，长得越欢。眼看很快就老，我妈趁天气好时，摘回一些，热锅炒去水分，再铺在竹垫子上，几个太阳便晒干了。我还记得炒苕菜的香气，跟炒茶叶一样，满屋子清新飘荡。

干苕菜保存好，可以吃到对年，入羹、粥，甘滑清香。做法是先炒再煮，特服米汤。四川民谚“苕菜服米汤，娃娃服妈谊”就是这样来的。在四川方言中，这个“服”的本义是服从、听话，在这里引申为分不开、离不得。苕菜和米汤是最佳拍档，米汤的温糯，将苕菜残留的青草气席卷而空，滋味无尽。

吃了苕菜不能喝酒，四川人说会“结”到，一发作会面红耳赤，重者肠胃痉挛。我不知是何原因，问过好多人，都语焉不详。但一个医生朋友告诉我，苕菜是可入药的，有清热利湿、和血散瘀之功。

苏东坡著有《元修菜》，苕菜出名，跟这位美食家有很大关系。元修，本是苏东坡朋友的名字，他把这名字大大方方地送给了苕菜，从此，诗文里多了一道“元修菜”。

话说苏东坡当年在黄州时，春日里吃过芦蒿、鲜笋，煮过新茶，烹过菜羹，就是没有发现苕菜的身影。那日，眉州老乡巢谷（字元修）来访，苏东坡与他谈起家乡的野菜，两个人谈得投机，聊到动情处，泪眼婆娑。东坡先生屈指一算，整整15年没有吃过巢菜了。

元修辞别后，东坡先生心潮起伏，遂饱蘸浓墨，挥笔写下《元修菜》一诗，序曰："菜之美者，有吾乡之巢。故人巢元修嗜之，余亦嗜之。元修云：使孔北海见，当复云吾家菜耶？因谓之元修菜。余去乡十有五年，思而不可得。"

元修菜（节选）

春尽苗叶老，耕翻烟雨丛。

润随甘泽化，暖作青泥融。

始终不我负，力与粪壤同。

我老忘家舍，楚音变儿童。

此物独妩媚，终年系余胸。

东坡先生看似在写苕菜，其实是在道乡愁，那剪不断理还乱的思乡之情，就像苕菜在春天长出的柔嫩触须，一不注意，还是牵扯得他的心尖尖酸疼。

临别之际，东坡先生叮嘱元修，回去后寄点苕菜籽过来。"君归致其子，囊盛勿函封。"因为担心用匣子装菜籽影响出芽，他还特意嘱咐要用透气的布囊装。如此细心，足见东坡先生对苕菜的钟情。第二年春天，巢谷寄来的苕菜籽便在黄州生根发芽，东坡先生终于尝到鲜美的元修菜。

“种之秋雨余，擢秀繁霜中。”“豆荚圆且小，槐芽细而丰。”“点酒下盐豉，缕橙芼姜葱。”从苕菜的种植、采摘，到槐芽似的细苗、结出的碧绿豆荚，再到如何烹调、需要什么作料，东坡先生一一写来，详细生动，又充满情趣，就像他写《猪肉颂》一样，不愧为美食家。

除了炒食嫩苗，我估计当年东坡先生应该是用苕菜做过羹的。在他的名篇《东坡羹颂》里还介绍了以菜做羹的方法：先用生油涂抹锅边、碗边，将洗净切碎的菜苗下入锅中，放生米及少许生姜，上面用抹了油的瓷碗倒扣住，再把饭甑架在上方，一番蒸煮沸涌，饭熟羹烂，一举两得。最后揭开碗盖，碗中粥白菜绿，令人食欲大振。

尝一口菜粥，苕菜的清鲜混合着米香，弥散在唇齿间，果然如东坡先生所言：“不用鱼肉五味，有自然之甘。”

苕菜借一点米香，便得涅槃。从古到今，“苕菜服米汤”，万物相生，诚不虚也。

时下，有些餐馆里还保留着这道菜。除了春日的鲜炒，更多的是用晒干的苕菜做羹。一把苕菜泡开，加点油盐，煮成一锅，再抽一把干挂面下去，清香黏稠。母亲说，这是当年的穷饮食。想想真有意思，日子富起来了，依然有人惦记着这道平民化的菜羹，它从骨子里透出的朴实，传递着与口舌相亲的温暖，更有着难忘的岁月记忆，以及天长地久的生活本真。

笻竹的命运

轮到春笋唱大戏了。

春分过后，轻雷滚过天空，太阳照耀大地，再伴随几场夜雨，笋芽开始赶着趟儿钻出泥土。满山竹叶那么绿，在晨曦里微微晃动，小鸟嘀嘀咕咕，偶有风来，吹来野花的清香。笋芽在春潮的裹挟里，怎能不迫切地探出小脑袋？

积蓄了一冬的能量，全部绽放于嫩生生的笋尖。这时节，最幸福的事情是，向野而生，春暖笋香，天天有鲜笋吃，就像在过笋的狂欢节：凉拌笋丝、素炒笋片、油焖笋尖、腊肉煨笋、嫩笋鸡汤……

方竹笋、慈竹笋、楠竹笋……或短拙，或粗壮，滋味各有千秋。依我看，最好吃的是笻竹笋。“虚心竹有低头叶”，众所周知，竹子大多是空心的，但笻竹偏偏是竹中异类，它是实心竹，也因此笋肉饱满，格外鲜美脆嫩。

川西山区丘陵，丛林莽莽，竹海深深。雨后初晴，遍山笻竹笋纷纷涌出，穿着紫红笋衣，不过小拇指那么粗。揭去外面一层，用刀尖横一道口，两手反向一搓，里头的几层壳也就下来

了。剥好的筇竹笋，有象牙白的肌肉，嫩得可以掐出水来。先焯水，去掉涩味，然后漂在清水盆里，等待厨师发挥聪明才智：手撕成笋丝，或改刀成片、成块，或素或荤，或凉或热，演绎出万般风情。

好食材不要过度加工，最好是凉拌，佐以食盐、香醋、麻油，即可上桌，吃起来脆生生的，像耳边飘过一串银铃般的笑声。筇竹笋的鲜香，像素衣诗人，像干净的初恋，青青子衿，悠悠我心。其味之美，美在鲜嫩脆爽，入口化渣，每次吃这种笋，我总会想起清朝文人李笠翁在《闲情偶寄》中说的："此蔬食中第一品也，肥羊嫩豕，何足比肩。”肥嫩的羊肉猪肉吃多了会长胖，不如吃笋。

话虽如此，但是，无肉不欢的人啊，哪里离得开肉呢。那就打开冰箱，寻一块老腊肉出来吧，笻竹笋炒腊肉，绝一味。腊肉刮洗几遍，泡软，再切成厚薄均匀的大片，或蒸，或炒，搭配笋片，肥肉析出厚油，浸润到清嫩的笋片里，调和成恰到好处的油盐味、腊肉香、笋片鲜，怎会不美味?

笻竹笋和土鸡，是最完美的组合。熬一锅黄澄澄的嫩笋鸡汤，就啥也不用说了吧！站在桌边，吹吹热气，然后，一手叉腰，一手端汤，昂首挺胸，吧唧着嘴，古今多少事，过往烟云中。

因为细嫩，笻竹笋还有一种有趣的吃法——烤。不是烧烤架上的烤法，而是把带壳的嫩笋，直接放到柴火堆里煨烤，烤熟后去皮，白嘴吃，清鲜纯正。这种吃法，是打笋子的村民发明的。打笋起得早，干了半天活儿，天冷肚饿，就地燃一堆柴火取暖，煨几颗土豆，顺手丢入几棵带壳笻竹笋，就算解决一顿。如今森林防火责任重大，没有这样的野趣了，但有人创造了蒸笋之吃法，或者用锡箔纸包好，进微波炉烤熟，也是风味独特。

除此以外，还可以干吃。相比其他空心竹笋，笻竹笋肉厚，香气更隽永。趁连续几天艳阳，把焯过水的嫩笋晒干，经过阳光暴晒和后期转化，它会幻化成恒久的岁月之香。

笻竹干笋的香浓，是很多人的心头爱，只要吃过，必定难忘。隆冬时节，天寒地冻，雪花飞舞，室内炉火正旺，一锅笻竹干笋炖肉，汤沸肉香，褐黄的笋节在浓汤里载浮载沉。它们饱吸了肉味，散发出更为笃定的香味。就着这锅汤，酒瘾也要犯了。

一口酒下肚，我仿佛看到窗外成片的筇竹林，正在风中招展，像绿色的旗帜。

扫码听书

茼蒿的清欢

餐桌上，一把茼蒿花插在玻璃瓶里，或雪白或淡黄的花瓣，被绿色花蒂支撑着，被密密匝匝的绿叶簇拥着，清新雅致。

茼蒿花是从乡下菜地里摘回的。晚上带回时有点打蔫，一插进清水里，次日清晨便活泛了，一开数日，没有凋谢的意思。吃饭时，有这几枝干净灵秀的餐桌花陪伴，顿觉满眼春意。

时令走到清明，茼蒿已不能食用，但是赏花也是春日乐趣。

那日回老家，推开后门，正想看看去年栽下的金弹子成活没有，迎面撞见一大片迎风盛开的茼蒿花。在门外菜地里，花叶并茂的茼蒿菜足有齐膝高，数不清的花儿挤在一起，或金黄，或雪白，熙熙攘攘，每一朵都似一轮小小的太阳。它们抬头仰望着天空，开得安然自在，不知人间忧欢，开成了一片海洋，一浪一浪，向远方奔涌。

茼蒿又名蓬蒿，有蒿之清气、菊之甘香。茼蒿不是华夏土生土长的，它的原产地在地中海地区。在欧洲，它一直是庭院观赏花卉。唐朝初期，茼蒿被引进中国，并迅速成为餐桌上的美味之蔬。爱吃会吃的中国人，发现了茼蒿的美味。直到今天，多数外国人仍然是不吃茼蒿的，习惯生菜沙拉的民族，受不了茼蒿的气味和苦味。不仅是茼蒿，很多气味浓烈的蔬菜，譬如香菜、鱼腥草，国人甘之如饴，他们闻之掩鼻，绕道而行。

茼蒿走进中国人的视野，在这片土地上绽放异彩，因为起初稀罕，还一度是宫廷贡菜，后来种植渐多，国人对它日渐熟悉。南宋时，陆游在《初归杂咏》中咏道："小园五亩剪蓬蒿，便觉人间迹可逃。"归田园兮，小园数亩，茼蒿茂盛，想吃时随时掐一把，鲜嫩水灵，这真是充满欢喜的草木滋味。茼蒿的青绿，可以过滤掉生命中的芜杂烦琐。人世种种苦楚，茼蒿的安静能够给予拯救和疗愈。

作为菊科草本，茼蒿亲戚众多。植物学家说，有25000到30000种菊科植物广布于全球。菊科帝国中，有些提供食材，比如大名鼎鼎的向日葵；有些负责审美，比如花圃里培育出的各种花草；有些可入药，例如国人熟悉的艾草；还有产天然橡胶的，像热带地区的银胶菊，它与橡胶树、橡胶草并称世界三大产胶植物。在菊科庞大的家族中，茼蒿不过是大海里的一滴水。然而一滴水也有自己的使命，走近茼蒿，似乎可以听见它内心深处隐秘的风声，还有盛开时的尖叫和呐喊。它是卑微的，但也有自己的欢乐，有星星般迷离闪烁的梦想。

是一棵草花，就注定要开放。三月的阳光和暖，一场春雨，两三声炸雷，所有草木的梦想都被唤醒。荠菜花开了，油菜花开了，就连菜地边缘的小茴香也开了，茼蒿当然也要开花。

茼蒿花一开，菜地就有了梦的气息。我知道，茼蒿并不想跟菊中皇后、菊中仙子媲美，就连它的邻居、草根亲戚蒲公英，它也无意去比较什么。不需要比较，因比较带来的情绪更是多余的。我长久凝望着茼蒿花，蓦然涌起感动，感受到它深藏心底的单纯和天真，就想起一句话——人间有清欢。

再来看作为蔬菜的茼蒿。说来惭愧，我原先是不太喜欢茼蒿的，因为它有股强烈的中药味。时间久了，才渐觉其味别具一格。就跟川芎一样，吃药食两用的菜蔬需要有个适应的过程。是好友梅子教会我吃茼蒿，她是茼蒿菜的拥趸，无论热炒、凉拌，还是煮汤锅，来者不拒。见她吃得有味，我也逐渐把筷子伸向茼蒿。

母亲也喜欢茼蒿，她种了一小畦，从冬吃到春。烫火锅时，茼蒿一把又一把地往锅里放，烫几秒，断生即吃，那股鲜甜多汁，招人喜欢。茼蒿熟了，由硬脆变得柔软，入口时有一点缠绵，是在与舌尖共舞。

更多的时候，是炒食。现摘的茼蒿是活鲜鲜的，带着来自土地的能量，洗干净，掐成小段，热油里爆香蒜片，三铲两铲就出锅，色泽青翠，味道脆爽。

母亲说，茼蒿菜从不需要打药，因为有特殊气味，它是不生虫子的，可以说是真正的绿色佳肴，放心吃。

前阵子，看到一档电视节目叫《春节饭桌》，说茼蒿有个美名，叫杜甫菜。传说，杜甫56岁时抱病离开夔州（今重庆奉节一带），辗转来到湖北公安。杜甫先生一生流离颠沛，彼时更是疾病来袭，心力交瘁。当地百姓为他熬制一碗羹，其实就是今天的菜粥，用切碎的茼蒿、米粉混合，细心熬得浓稠黏糊，清香袭人。这碗暖老温贫的爱心粥，令杜甫展颜而笑。此事传开，因为对杜甫的敬爱，茼蒿羹就被演绎成杜甫菜。

据说今天的湖北，很多餐馆仍有这道菜羹，不过已升级换代，加入了更多食材。我好想有机会品尝一下。但是，估计最熨帖肠胃的，还是简简单单的茼蒿菜粥。物质丰富的今天，我们需要在饮食上做减法。

清代僧人成鹫也喜欢茼蒿，他为这种一年生草本植物写过一首极短的四言诗，仅十六个字，但我认为是茼蒿诗中写得最好的：

差比菊英，宁同萧艾。
味荐盘中，香生物外。

排列在一起，真像一畦刚出苗的茼蒿菜，短簇、鲜活，绿叶蓬勃，散发着菊类的独特清香。花开时参差错落，美若菊英，安宁之气韵就像青蒿和艾草，滋味鲜爽可以入盘，香气清逸出尘，宁静致远。诚哉斯言。

蜀地的鱼腥草汪汪若海，
野气十足。

鱼腥草

鱼腥草是一种菜，更是一味药，除了清
热解毒，也治疗我们的城市病。

鱼腥草的浪花

想到鱼腥草，就会想到山林里清亮亮的阳光。

谷雨后，跟摄影师朋友小吴去爬山。他专门拍山里的野生植物，比如羊齿植物、悬钩子、野猕猴桃等，也拍了一段鱼腥草的短视频，放进自己的微信公众号“川西坝子的记忆”，很多人点赞和转发。

地点在邛崃山脉的腹地，一条小道挽着溪流在林中漫步。时间是雨后，山林绿如深潭，每一片叶尖上都噙着透明水珠，风一晃就坠落。人走在林子里，听着四面滴答的声音，呼吸着草木浓郁清冽、介于芳香与微腐之间的气味，觉得自己肉身也渐渐透明，随时会消失在这一汪绿潭里。

忽然，林子里亮起来，有一道光柱裂开云雾，一头扎在山林上空。头顶的水珠子在发光，叶子也在发光。小道两边，忽然涌出大片花朵，白莹莹，裹在绿裙子里，在光影中奔跑，如浪花跳跃，然而又是静止的。

这浪花，就是鱼腥草的花。无数小而密的花朵，开成了海洋。我欢叫着扑上前，很快采下一把花。左看右看都好，雪白的

花瓣，茁壮肥绿的圆叶，仿佛怀抱着喜悦，闪烁着星辰一般幽远的梦想。

不知是谁给这草起的名字，说不上不雅，却很容易让人联想到水产市场里充斥的腥气，强烈到无法忽略。四川人叫它折耳根，又叫猪鼻孔，甚至叫猪屁股，都是因形取名，它的叶片椭圆形，让人产生各种想象。

鱼腥草学名蕺（jí）菜，就是饥菜的谐音。它曾经在历史上大放光芒，与“三千越甲可吞吴”的越王勾践结下不解之缘。相传，当年勾践做了吴王的俘虏，卧薪尝胆，发誓要报仇雪恨。倒霉的是，他回国第一年就碰上罕见的荒年，百姓无粮可吃。憋着一肚子郁火的勾践，带领臣民满山遍野寻找果腹的东西。鱼腥草，便是他们渡过难关的救命野菜之一。还有什么野菜比鱼腥草更多生、更易寻，采了一茬又出一茬呢？现在绍兴还有蕺山，据说便是当年勾践君臣采食蕺菜的地方。

当年，摆在勾践君臣面前的鱼腥草，估计是不加任何调料的。如今我们吃鱼腥草，就算再原汁原味的凉拌，也少不了油盐酱醋，再滴一点小磨香油。

蜀地的鱼腥草汪汪若海，野气十足。凉拌折耳根，是四川著名的开胃菜。最好吃的，是初春从山林里撬回来的，山里空气洁净，不担心重金属污染、农残化肥之类。鱼腥草经历秋冬，新出的芽茎肥嫩水灵，叶片猩红，洗净后用盐抓一抓，浇上熟油海椒，拌匀便成菜。筷子夹起一根，仰起脖子，先吃叶，再吃茎，嚼起来窸窣有声，如同兔子吃草。脆嫩多汁，滋味浓郁饱满，用四川话说：味道不摆了！

但外地人大多吃不惯它。“气味太难闻，腥味这么重，怎么吃得下去？”很多人来四川，流连于川菜美味，就是对鱼腥草无法下箸。气味浓烈的野菜，确实也在甄选对象。一盘折耳根，诠释着日常饮食里的味之道。道是什么呢？不过是适口者珍。

真正喜欢鱼腥草的人，往往是抓起一把茎叶闻，以气味浓淡辨别是否野生，再决定是否购买。有人爱吃鱼腥草的茎叶，有人爱吃根，各得所愿。鱼腥草的根、叶、茎都可以吃，四川人把鱼腥草的吃法发挥到了极致。茎叶凉拌，鲜香爽口，老根炒回锅肉、烫火锅、炖肉。我吃过几次折耳根炒腊肉，说实话，比肉好吃。

四川人吃火锅，必点的一道菜是折耳根，淡黄的长根，烫着吃，脆嫩有味，煮久了，绵软可口。火锅辛辣，多吃容易上火，鱼腥草正好清清热。植物对人的照拂，从来如此。

暮春的阳光持续笼罩，山谷里汹涌而出一团团云朵，在山腰聚集，又被风驱赶——像赶一群白羊一样，赶到山头，赶到天上。阳光是发酵剂，云朵是致幻剂，空气里很快有了酒的味道，让人迷醉。鱼腥草的花更加密集，气味也更加浓郁，确凿无疑的，植物荷尔蒙的气味。

那么安静的植物，竟然会散发出动物的气味，这是否越界？不过动物也会散发出植物的气味，比如人——有些人的气味就像青草，有些人的像水果，也有一些人的气味像冬天落尽叶子的树。

鱼腥草老了，可以晒干保存，是很好的药草。几天前，在乡下村子里，见到一户人家门口晒着鱼腥草。晒干的鱼腥草呈秋草色，干枯洁净，已闻不到之前的气味——微微刺鼻的，说不上好闻，却有着旺盛生命力的气味。

根据现代医学的眼光，鱼腥草的浓烈腥味主要是由鱼腥草素造成，正因此，它具有抗菌、抗病毒、抗氧化等多种作用。乡民不懂这些，只晓得干鱼腥草可以随时拿出，作为配菜之用，比如鱼腥草炖老母鸡、炖猪蹄等，可以化解油腻，增加汤的层次感。有人用鱼腥草煲猪肺，说是有润肺化痰、清肺排脓的作用，可以治疗肺部疾患。我没吃过。听说猪肺腥味大，口感有如棉絮，但若遇到鱼腥草，反而变得不腥不絮。

一般情况，鱼腥草都是泡水喝，作为清凉饮料。村里人说，鱼腥草有“打毒”的功效，清火，防感冒。“非典”那年，鱼腥草冲剂脱销，有些城里人跑到乡下去狂撬。一条条田埂，被挖得千疮百孔。乡亲们气愤，摘些茎叶就行了吧，何必连根掳去？实在要撬就撬吧，怎么伤及田埂上的胡豆豌豆？

最近几年，城里人种菜成风，很多人家纷纷尝试在阳台上种菜，小小一方天地，不仅补餐桌所需，也可收获很多身心的快乐，尤其家里有孩子的，这便是阳台上的植物课。最好种的是鱼腥草，它生命力极强，在楼顶或阳台上弄个泡沫箱，甚至用奶茶杯子在窗台上摆一排，填入沙土，腊月间把老根埋进去，浇点水，给点肥，春节后便有肥嫩的紫红色圆叶冒出来，摘一把嫩芽叶便可凉拌。春菜之味，不必全部在野，也可以在一方阳台，在自家的几个花盆里。最重要的是，种菜的过程是一种疗愈过程，体会生命的成长和变化，还有什么纠结放不下？

鱼腥草在《本草纲目》里被列入菜部，也就是说，它可以被当作菜一样食用，长期吃无任何毒副作用。跟它排在一起的，还有灵芝。

鱼腥草是一种菜，更是一味药，除了清热解毒，也治疗我们的城市病。

那一树宝石和甜蜜

春天的山里，阳光斜抹在山坡、草尖、树梢，四周一片宁静。往深山一走，山便成了主人，我则变成客人。拜访大山，与清风白云交谈，和花草树木对视，总会有些惊奇的发现。

那日，在山里漫走，忽然被一棵树挡住了去路。那棵树站在面前，人就再也走不动了——它多美啊。那是一棵樱桃，枝叶婆娑，绿叶缝隙里是粒粒红果，晶莹，闪闪发亮。那是一树红宝石呀。

每一颗樱桃都是通往内心的清泉。我听见所有的樱桃都在呐喊，在唱歌，这样的良辰，如此的深刻清新，犹如梦境。

樱桃是第一春果。才告别寒冬，它们就欣欣然来了。昨天还是花季少女，满树雪白，几日不见，转眼就结婚生子，满树鲜红的“恩桃儿”。这是四川人对她的亲昵爱称，“恩桃儿”，多少浓情蜜意、恩情爱情说不尽。春风对她说了什么，春雨对她做了什么，人是不知道的。我只知道，当花瓣凋谢，春天并未零落成泥，而是隐秘地走进了果实。你踮起脚摘一粒下来，轻轻咬下，所有的秘密都藏在里面，她一生的故事，就在酸酸甜甜中被我们品尝。

绝代有佳人，佳人是樱桃。她的颜值太高了。周围杂树丛生，还有竹林。跟山坡上的这些树比起来，樱桃树就像从天而降，在一群布衣荆钗中偶然出现，光芒四射，艳惊四座，仿佛来错了地方，反倒有一股子说不出的寂寞。

看到它的人，就傻眼了。

樱桃甜不甜，树上的鸟儿最清楚。鸟真多，它们在过美食节，一边享用，一边唱歌、玩耍、嬉闹。离我最近的枝头，有两只画眉正在谈恋爱，比翼双飞，在树上追逐盘旋一阵，双双落在枝头，啄食两口红果，拍拍翅膀，又恩恩爱爱地飞走了。又有其他的雀儿飞来了。这棵树，是一棵爱情树吧。

山村里的爱情，就这么干净。

宁静的村落，炊烟缕缕升腾，慢悠悠飘出房顶，飘向天空。那是久违的乡愁。我几乎已经忘记，有一支歌就叫《又见炊烟》。很多歌手唱过，我喜欢王菲版，清澈如山溪。淡淡的怅惘，在一缕炊烟中绵延漫漶，又逐渐飘回来，聚拢到火焰的中心：我心中只有你。干净如初的你。

我站在树下，欣赏众鸟歌唱，仰望高高的樱桃树，看镶嵌在满树稠密绿叶中的红宝石，点点璀璨，粒粒红艳水灵，忍不住满口生津，但是羡慕之余，只能望树兴叹。

“樱桃树长得好高啊！”我叹息，为何不修剪一下，方便采摘。

“味道溜酸。”路过的村民说，山里雨水多，水果的糖分就不够。不仅是樱桃，枇杷、李子、梨子都不怎么甜。也许真是这样。我想起有一次吃李子，深紫的布朗李，脆爽，极其酸涩，至今想起还牙齿颤软。

“那是一棵野樱桃，有二三十年了。”也许是飞鸟衔来的种子，落地生根，所以鸟才是樱桃树真正的主人。一年年过去，这棵樱桃树自由自在地生长，越长越高，枝繁叶茂，泽被鸟儿，也泽被我们这些光阴中的过客。

山里的野樱桃不少。每年二月，点亮山乡的是一树树山樱，白花花的，开得热闹又寂静。空气里有樱桃花粉的气味，以及青草和油菜花的香味。蜜蜂飞过，蝴蝶飞过，小鸟飞过。樱桃花站在树上，站在坡上，周围是散落的菜田和麦地，片片金黄翠绿，书写着浮生静美。

看过日本电影《山樱》，雪白的山樱正在盛开，在大提琴和钢琴的伴奏下，每一朵都开得像白色的火焰。野江踮起脚，试图折下一枝，却怎么也够不着。“我来帮你折吧！”背后传来一个温暖的男声。这樱花树下的偶然相逢，从此改变了两人的一生。片中人物对白不多，情感内敛，克制而矜持，正所谓“素食爱情”，兜兜转转，进展缓慢，就像山间一条蜿蜒小溪，按照自己的速度流淌着。

我始终不能忘记影片开头那一树山樱，如蓝缎上的精致刺绣，让人生出莫名的忧伤。结尾，樱花再次盛开，电影戛然而止，人物命运留待观影者各自想象，仿佛这一切不过是轮回里的一场梦。不过，即便是梦，也值得追寻，爱过最好的人，看过最好的风景，有过充分而深刻的体验，已经足够。

樱桃也是一场梦，短暂、美好。

此刻，高大的绿荫丛中，小鸟还在啄食、欢歌，悠扬歌声里饱含欣悦。望着一树鲜红“恩桃儿”，我想起诗人向以鲜的《小鸟与樱桃》：

对于一只小鸟来说
要抵抗一树灿烂的樱桃
比起你来，比抵抗一次
突然的爱情，要艰难得多

花馔

最近感觉自己成了食花狂人。

今年吃过几次槐花。今春洋槐花开得极盛，每日上下班的路旁、白塔湖的岸边、住家楼下的小池塘边，处处雪白耀眼。最好看，当数水边的槐花，遇到天气好，水天皆蓝，花影投于水面，亦真亦幻。站在树下，仰望满目鲜翠白雪，望得久了，仿佛花树间升起浩渺歌声，内心荡漾，简直要落下泪来。这绿海里的白银啊！

清明前夕，雨一直下。哪儿也去不了，也不会有客人造访。邻居刘老师带领小孙女采摘槐花，回家包饺子。他是风雅之人，发到微信群里的照片也清气十足。我动了念，早听说槐花可食，何不一试？

说干就干。撑一把伞出门，很快去楼下撸回几串新鲜槐花，洗净、焯水，打入蛋液，少许盐、淀粉，搅匀摊饼，两分钟即成，金黄里镶嵌翠绿，一口咬下去，槐香浓郁，萦绕于唇齿之间，果然妙极。

晚餐食毕，我坐在阳台上喝茶。楼下的紫玉兰已经凋谢，满地花瓣。肥厚的花瓣形似小船，可以捡来做杯垫。据说它也是可以吃的，而且很好吃。

一次，看纪录片《寻味上海》，厨师将紫玉兰的花瓣裹上蛋液面糊，入锅微炸，做成鲜花美食——酥炸玉兰花。戴着白色高帽的厨师介绍做法，要先将花瓣炸至半熟，捞出沥油，稍微晾凉，再次下锅炸至全熟。炸好的花瓣金黄里透出一片紫茵，装在粉红色的杯盂里，视觉上梦幻美好。隔着屏幕的我，仿佛闻着了香气，想象那一口松脆，唾液翻涌。

我最深刻的食花记忆，是在凉山州盐源县。那年暮春，我们刚到盐源，一进县政府院子，花圃里大丛的重瓣牡丹就勾住眼睛，花朵肥硕得惊人，每朵都有盘子大，散发野性的芬芳。

在盐源驻留一周，最奢华的，每顿皆有牡丹花菜肴。牡丹花煎蛋，牡丹花炖鸡汤，油炸牡丹花瓣，牡丹花米粥……花样百出。我喜欢牡丹花鸡汤，色泽浓艳的花朵，做汤后变成浅粉，在金黄鸡汤里漂荡。喝一口汤，花香细细密密，从口腔到鼻腔，头脑中似乎幻化出深浅不定的嫣红，瞬时让人觉得春光旖旎。

当地人说，盐源的土壤和日照好，除了盛产糖心苹果，牡丹花也极多，随便找块地儿栽种下去，年年开花。那几日，我吃过的牡丹花可能是一辈子最多的。

除了牡丹花，玫瑰花也是极好的食材，玫瑰花饼大受欢迎。彩云之南的玫瑰，量多，且色泽浓艳，是制作鲜花饼的上等原料。有一年，歌尔姐姐从昆明带回一大包，极新鲜的玫瑰馅，色泽明丽，食毕满口幽香。我后来在网上买过多次，再没遇到那么鲜香浓郁的了。

木槿花也是好吃的。它们是乡村常见的花朵，亲切朴素，好似邻家女。我幼时生活在乡村，院墙篱笆边栽种了一排木槿花，每年夏秋，开得红紫纷繁，很容易便采得一小盆。我妈说，木槿花是妇女之友，能防治妇科病。她摘下花蒂，把花瓣清洗干净。打几个鸡蛋，加点盐、胡椒，摊成色彩鲜艳的蛋饼，很好看，吃起来滑嫩香软。

多年后，我的女儿已渐长大，每年木槿花开，我也去人家的篱墙边讨几朵回家，清水濯洗，调进鸡蛋羹，又滑又软，如一阵裹着花香的风。或者做成木槿花汤，加少许姜丝、葱花，用诱人的颜色打动女儿，一个母亲的祝福都在其中。

在中国传统文化语境里，如此秀色可餐的菜肴，统称为“花馔”。鲜花入菜，不仅是审美在线，也有物尽其用的观念。白居易有诗云：“可惜风吹兼雨打，明朝后日即应无。”与其说他写的是樱桃，不如说是鲜花。

食花之俗，在中国古已有之。文学史上最早的食花者，自然是屈原。《离骚》中有“朝饮木兰之坠露兮，夕餐秋菊之落英”的诗句，在餐风饮露的高洁追求中，已可见国人食花的端倪。

苏东坡是生活美学家，热衷于各种趣事，譬如酿酒、做香等，他曾将松花、槐花、杏花入饭共蒸，密封数日后得酒，美其名曰“松花酒”。苏公当年在杭州西湖喝了荷花粥后，情不自禁写道：“身心颠倒自不知，更识人间有真味。”

我也吃过“有真味”的荷花粥。夏天傍晚去看荷花，赏玩后摘一朵回家，洗净清煮，加入大米、百合之类，做成清热解暑的荷花粥，啜一口，清甜柔滑，质地如绸，一股清淡的荷香。

所有花馔里，梅花可谓最高雅的吧。这几天，手边有一本南宋林洪的《山家清供》，书中罗列各式与梅花有关的食谱，有汤绽梅、蜜渍梅花、不寒齑、素醒酒冰等，菜名充满清逸之气，让人遐想联翩。

比较容易制作的是梅粥。摘下梅花，洗净待用，先用雪水煮白粥，待粥熟，入花同煮。梅花与雪是冬天的一对清友，“梅须逊雪三分白，雪却输梅一段香”，二者合而煮粥，洁白清香兼而有之，那一碗白粥里，多了仙气，少了红尘烟火。

南宋诗人杨万里很有趣，自言“老夫最爱嚼梅花”，他在《落梅有叹》里写道：“脱蕊收将熬粥吃，落英仍好当香烧。”画面纷呈：纷飞的梅花随风飘荡，恍如一场春日豪雪。读此诗时，我想起去年秋天的桂花，那满地零落的碎金，让人心生惆怅，一切都在无常中。杨万里真是聪明人，懂得适时收集花瓣，熬梅花粥，制梅花香。

说来说去，还是古人活得有情趣。今人行色匆匆，却忘了与自然的互动共生。我乐此不疲地采花、制作花馐，有朋友嘲笑我，不好好做饭，就爱折腾些新鲜玩意儿。实则，应季食花，这原本是古老的生活艺术。社会飞快前进，偶尔停下来，做一些慢悠悠的事，颇有怀古之风。

古人老早就发现，花卉实乃药食两用的上佳食材，它们或清热解毒，或活血理气，或生发养肌……益处多多。现代科学研究发现，花卉含有多种氨基酸，以及丰富的维生素和铁、镁、钾、锌等微量元素，堪称植物黄金。为什么不尝试一下呢？人的饮食观跟世界观一样，一旦开放，一扇通向新世界的大门就此打开。

清明后，楼下的蔷薇花开了。青砖院墙被浓绿覆盖，其间点缀着深红浅紫，清风一来，无数花朵轻摇轻颤，满墙生动，让人心醉神驰。更有甚者，一丛粉色蔷薇直接攀爬上屋顶，漫漶成一大片，梦一样逶迤。

午后，我在蔷薇花下一趟一趟走着，来来回回，被花气晕染着。阳光浩浩荡荡，花香愈浓，杂糅着树叶和青草的清甜。

忽然想，蔷薇花能吃吗？既然玫瑰花吃得，蔷薇花应该也可以吧。那么，是用来煎饼、蒸蛋，还是凉拌或者做汤？

扫码听书

辑二 长夏滋味

川芎和香草美人

那天，回父母家吃晚饭，餐桌上赫然出现一盘陌生的凉拌菜，青葱鲜翠，色香诱人。“这是什么菜？”我瞅了瞅这长得像胡萝卜缨的东西，问道。母亲在厨房里忙碌，含含糊糊地说：“穿汹。”我没听清：“穿汹？”

略一思索，便想到：莫非是“川芎并地黄，幽兰间甘菊”的“川芎”？

果然是它，川芎。

川芎名气很大，辞典词条里那些生硬的诠释——伞形科多年生草本植物，全草有香气，地下茎可入药——完全不能表达完整它的丰厚“芎”生。川芎不仅可入药，能做菜，古往今来的诗赋中也常能嗅到它的芬芳。

屈原文章里散发着草木的芬芳，字里行间都是花花草草，但花草背后有意义。他笔下的花草不是空乏的自然之物，凡庸之物根本不可能入屈子的法眼。《离骚》里有一句“扈江离与辟芷兮，纫秋兰以为佩”，意思是说，我把江离（蓠）、芷草披覆在肩，把秋兰结成细索，悬佩身旁。彼君子兮，穿的都不是纺织品，他深爱种类繁多的香花美草，恨不得把它们都披挂在身上。江离为何物？就是今天的川芎。

汉乐府里也有“上山采蘼芜，下山逢故夫”。蘼芜是什么，就是江离。历史上它的那些文雅大名，如今都隐入尘烟，留下一个老实朴素的名字——川芎。

这当然与四川有关。川芎，亦名川芎䓖，顾名思义，药用以川地所产为最佳。蜀地温暖湿润，土地肥沃，于它最佳。据说，全国绝大多数的优质川芎，都出自这块神奇的土地。作为川人，我不仅从川芎的命名中又找到一些小确幸，更由物及人——一方水土可养一方物，自然也可养人。我相信自己也是这方水土的受益者。

在蜀地，川芎已经有上千年的栽培历史，以前我家也种过。很多人家都会种上一丛，菜地旮旯、墙根下，即栽即活。有时想换个口味，就掐一把川芎嫩苗，洗洗，焯水，用清油、精盐、酱油、豆瓣辣椒、花椒面等拌之，气味浓郁，初尝可能吃不惯，但若习惯，倒是爱上这一口淡淡的药香。

桌上的这盘凉拌川芎，在藿香鲫鱼、回锅肉、腊肉酒米饭之间显得格外抢眼。在浓腻肥甘中，夹一筷子川芎苗清清口，食毕，余香袅袅。枪打出头鸟，筷向诱人菜，很快光了盘。老妈说：不要馋，邻村大田里多的是。有人流转上百亩土地，专门种川芎，每年五六月间割去嫩苗，拿到蔬菜市场售卖；埋藏在地下的黑色根茎，则挖出做中药材。中药店里的川芎，便是切片干燥的根茎。

川芎是妇女之友。作为女性，身体这棵树上总有一些啰啰唆唆的烦恼，还好有川芎来庇护。古人早就深谙川芎的养生之道，《本草汇言》上面说，芎䓖，上行头目，下调经水，中开郁结。我家姑娘十几岁时，有一阵经常喊肚子疼，痛经一发作，脸色发青。我一时六神无主。母亲说，没关系，用川芎煮鸡蛋，吃了就好了。立马一试，鸡蛋平白多了点怪味。姑娘本来就对鸡蛋无感，闻着这味儿更是皱眉。我勉励她说：吃吧，良药苦口利于病。母亲又补充说：再泡些川芎茶，坚持喝一阵子。后来果然缓解。

女性的事还没有完。川芎炖鸡，是更年期女人的食疗偏方。我在早年就听说过，没有当回事，甚至还认为是那些更年期女人矫情。后来，自己到了四十多岁，也不知道是不是更年期，只是有意无意吃了些川芎炖鸡，果然气血通畅，与年轻时吃相比，竟吃出不一样的感觉。出于好奇，又去查看有关资料，才发现川芎确能活血化瘀，延缓衰老。川芎与当归、熟地、白芍做成的“四物汤”，更是让女人青睐，我身边便有不少女性从年轻时就开始服用“四物汤”，红颜不老，青春永驻。

美人儿，多吃川芎吧。

痛不是小事，其实男女都一样，特别是一些说不清、道不明的痛。中医上说，痛则不通、通则不痛，又说，久病必瘀、百病必瘀，意思是，病痛很可能与气血阻滞淤塞有关，如不及时疗治，久之，就可能因滞瘀而生变，酿成大病。中药处方尤其是中老年人的药方中，常见到川芎，正是用它活血化瘀。当然西药也可医治，但西药大都是化学合成，“凡药三分毒”可能更明显。中药来源于自然植物，以自然的机理调节自然的人，副作用显然要少许多。

母亲说，川芎还有一样好，就是价钱便宜，谁都可以买来吃。这当然是不言自明的道理，农民自己的田，自己种，自己享用，少了辗转的商业环节，成本低。

老话说，药补不如食补，四川人充分发挥聪明才智，把川芎作为一种食材，开发出许多菜品，有川芎鸭、川芎煮田螺、川芎白芷炖鱼头、川芎当归黄鳝汤等，甚至还把它当作熬粥的原料，用川芎加桃仁、蚕蛹、粳米熬粥喝，如此充分利用，在全国也算是开了先河。

我不是好吃嘴，但我确实非常喜欢川芎鱼头汤。这不能怪我，孟子的学生告子也说，食色性也，哪个正常的人不爱美食？更不能怪鱼——人家连头都给了我们烹食。要怪只能怪川芎，谁让它又滋补又美味，做起来又简单，是一鱼两吃的好法子。葱姜入油锅爆香，先将鱼头煎黄待用，然后加水，将川芎、白芷猛火攻开，再放入鱼头，文火慢炖。出锅前撒葱花或芫荽，浓稠白汤里飘出一丝绿，还有一分清虚，这碗中美色，让人想起一个词——靓汤。

我对母亲说，不如挖几棵川芎回来，栽在家里，要吃时也方便，还可以美化家居环境。我还记得川芎开花的样子，伞形的花，雪白闪耀，如满天繁星，一点也不比其他花逊色。再次回家时，她果然栽下几棵川芎苗，用一个废弃的泡菜罐，里面青绿招摇。

令人意外的是，我春节回家，发现那棵川芎只剩枯枝。母亲说，川芎经受不住寒冻，把它搬到屋檐下，可是并没有出现奇迹。我想，也许，属于自然，本来就是川芎的性格。以前把它栽在土里，不理不管，人家却长得上好；现在好水好肥地供着，反长不好。看来，我们还是不了解川芎。“都死了，还搬进屋里干吗？”我问。“根还在呀，明年开春就会发青。”

是啊，我忘记了，人家是多年生草本，风刀霜剑严相逼，当人们穿上羽绒服，它也暂时进入休眠期，来年春日再相见。它是不死的，已经活了那么多年，并且还将继续活下去的香草美人。

彼华夏之苗裔兮，既有香草之内美，又兼具美人之修能。

小满的茶

当我在键盘上敲下这个题目，突然间有些犹疑：小满与茶，一个节气与一杯茶之间，到底有什么内在的逻辑联系呢？我不知道是哪一瞬间的感受，如电光一闪，让我想抓住这个题目，执拗地想记录一些思绪。

二十四节气里，小满是一个意味深长的节令。此时走进山野，绿蓬蓬的香气格外醒脑，放眼四望，仿佛深陷于绿天绿地，身心都拔不出。蝉鸣在耳，噪鹃声声啼唤，蒲儿根开出一朵朵金色小太阳。南瓜匍匐前进，一路吹起喇叭。处在青春期的桃子，羞答答地红了脸庞。夏天的果蔬狂欢，已经指日可待。

小满，这名字多美。“小满小满，麦粒渐满”，田野里，小麦半青半黄，开始灌浆，籽粒日渐饱满。立夏以后的连续降雨充盈了小溪小沟，江河也在等待被充实。小满，意味着笃定的期待。

有意思的是，二十四节气里有小寒大寒、小暑大暑、小雪大雪，却唯有“小满”而无“大满”。这个问题值得考量，是否因为满招损、满则倾？满则损，盈则溢，万事万物无不如此。“过错”是什么意思？过了便错了，过犹不及，事物只有在恰如其分的位置上，才能显示它们独有的美感。想到这里，不能不佩服中国文化的精深奥妙。

人间最好是小满，茶道也是如此，“小满”即可。中国茶礼上，有句老话叫“茶满欺人”，斟茶以七分为宜，所谓“留得三分人情在”，若是倒得太满，会被认为不识礼数。试想，茶满烫手，客人怎么端得住？在我看来，一杯“小满”的茶汤里，照见的不仅是传统礼仪，还有为人处世之道——不贪求圆满完美，只要小团圆。我们掌握一个“小满”的尺度，才能活得从容、平和，获得一种知足感与幸福感。茶文化里蕴含的如此道理，正好

与“小满”呼应着。

推而广之，世间万物莫不如此。“保此道者不欲盈”，老子一直在讲空，他说我们之所以能用杯子喝水，因为杯子是空的；我们能住在房子里，因为房间里有空的部分。最重要的不是满，不是有，而是空，是无。

如果一个人的心塞满了，他不会有正念和知觉，就像一个人吃得太饱，对食物就不会有兴趣。小满，正好。

换个角度看，小就是大，芝麻就是西瓜。最近新得一把朱泥小壶，形似小南瓜，爱不释手。近年来审美在发生变化，尤爱小品，握在手里，可亲可爱。物也似主人，彼此陪伴，无言无语，共度余生。小满的茶，适合用小茶壶沏泡。其中的茶汤，或碧绿澄澈，或金黄明亮，或橙红温暖。端起来，小口品饮，细细感受或清雅或浓郁的香味，以及层次丰富的韵味。

以前不太理解，喝茶的杯盏为何几乎都是小号的？盖碗小巧，紫砂壶精致，闻香杯、品茗杯盈盈一握，都离不开一个“小”字。粗莽之人拿了这玲珑的器皿，不仅自己觉得尴尬，我们在一旁也觉得忍俊不禁。后来开始真正喝茶，才发觉泡茶的器皿是小得有道理的。大了，茶香散发得非常快。还有，若用大杯子，就像林黛玉耻笑的牛饮，第三杯就已经寡淡如水，但若用小杯子冲泡，一般的茶，也可以冲上七八泡，细细品咂滋味和汤色的渐变，乐在其中。

《茶经》里曾言：“茶性俭，不宜广，广则其味黯澹。且如一满碗，啜半而味寡，况其广乎！”杯子大了，水的热量容易把茶叶烫熟。从来佳茗如佳人，妙龄佳人哪里经得起这样的沸水，岂不花容失色，又何来色香味美？从这个意义上来看，杯盏的小，也是对物的爱惜与珍重。

小有小的好处，其中奥妙无穷。我们从小就被教育，要胸怀大志，如今年过不惑才明白，所谓立大志、做大事，岂是容易的？我们大部分人，不过是安心甘愿做微尘，不求大，不求功业显赫，只安心于眼前，安心把本分之事做好。年岁渐长，对于大的、光彩夺目金碧辉煌的，我反倒是心生警惕。越来越喜欢小，这小巧的茶壶茶杯，于我心有戚戚焉。

时维小满，爱茶的人可以尽情把盏言欢了。春茶褪去火气、生涩，让人感受到中和清定之气。窗外绿意葱茏，水杉、银杏、香樟交互堆叠出清影，窗下置一方雅致茶席，杯小如胡桃，壶小如香橼，杯中的茶汤刚刚七分，不多不少，正是“小满”。一道川西山野红茶，七泡有余香，金黄澄澈。天地有金汤，爱茶的人，若能品出其中真滋味，也算没有辜负茶里的风云天地。

茶汤小满，人世小满，小得盈满，都是荡气回肠的情意。

难忘洋芋箜饭

唐代诗人刘禹锡说：唯有牡丹真国色，花开时节动京城。

民间老百姓说：洋芋开花赛牡丹。

见过洋芋开花的人，一定会惊叹它们的美丽。素白、粉红、浅紫的花朵，形状酷似水仙花，它们俏丽地站在田间地头，清新素雅。然而它不仅是美，作为曾经的救命薯、如今的致富薯，洋芋身上凝聚着国人太多的情感，“洋芋开花赛牡丹”，一语道破老百姓对洋芋的热爱，牡丹姿容再美，终不如洋芋实在。

不过，我今天要说的不是洋芋花，而是洋芋箜饭。

所谓“箜(k ō ng)饭”,是四川农家的传统做法，简单易做，是乡村小孩踩着小板凳，或者踮起脚尖在灶台边最先学会的煮饭方法。先用大火将米锅烧开，米饭煮至半熟时，舀起倒入筲箕，沥出米汤，再将米饭回锅，小火烘干。沥出的米汤可以煮各种杂菜，就是四川人都喜欢吃的“烂烂菜”。

后来箜饭逐渐发展，人们以煸炒后的食材打底，铺上半熟米饭，文火烹之。熟后，蔬菜香和米香混合在一起，滋味无限。一锅饭菜大杂烩，足够全家人饱腹，也省却另外做菜，可谓一举两得。如今，不少农家餐馆仍然把箜饭作为保留饮食。“箜”是从箜篌一词借用来的，原本是古代拨弹乐器，从美妙的乐声到焖干的香米饭，在我看来，也是一种通感吧。

最好吃的箜饭是在四五月间。新洋芋出来，嫩豌豆开摘，洋芋箜饭作为一年一度的返场美食，又欣欣然回到餐桌。就像记忆中的燕子年年归来，一看房檐上，旧巢还在，好端端的，于是兴奋地飞来飞去，叽叽喳喳，抑制不住的喜悦。

我跟母亲去挖洋芋，一趟趟帮她捡拾洋芋，乐此不疲。母亲先割去洋芋的藤叶，锄头小心地挖下去，刨松土壤，再轻轻一勾，一窝洋芋蛋就裸露在光天化日之下。有大有小，还有的表面坑坑洼洼，那是被蝼蛄（外号“土狗子”）或者别的什么东西偷吃过。

新洋芋皮极薄，拿到河边，水一泡，一搓，皮就下来了，或者抓起两个洋芋相互摩擦，再不然，捡个瓦片刮一刮，洋芋就变得白嫩干净。

豌豆还不到收割的时候，不过藤蔓间已经有饱胀的豆荚，母亲就拣些稍老的摘下，剥出一小碗。没有嫩豌豆，这锅箜饭将黯然失色。

做洋芋箜饭，父亲亲自上灶，也只有他做的才最好吃。母亲负责烧火，打下手。父亲从灶台上方挂干豆豉的竹筐里割出一小块老腊肉，细细切成丁，投入热锅翻炒，待肉香四溢时，撒一把花椒，倒入嫩豌豆、切成块的新洋芋，刺啦一声，锅里的香气就扶摇直上。稍微翻几铲，再把刚沥出的半熟米饭铺上去，用筷子密密地戳一些小孔，让它们受热均匀。“好了。”父亲吩咐道，退去灶塘里的柴火，用余温焖一下就可以了。

焖得越久，洋芋、腊肉、豌豆、米饭越好吃——豌豆吸收肉香和油气，金黄闪亮，同时毫不吝啬地把自己的鲜味和豆香赠予洋芋。洋芋则源源不断释放出沙糯香甜，传导给米饭。米饭也懂得投桃报李，一转身用黏性包裹住洋芋、豌豆、腊肉，把米香慷慨送给它们。

四种食材，原本并不相识，出于机缘，于一口铁锅里萍水相逢，便携手涅槃，相互深入对方的灵魂。万物有灵，食物是有生命的，它们就像一家子，既然被命运安排在一起，便懂得彼此包容、付出。于是，原本平常的食材也变得光鲜，一起灿烂地来到餐桌。

在我们眼巴巴的期待中，一锅洋芋箜饭大功告成，揭开锅盖，香气扑鼻。彼时，我们姐弟正是飞速发育的时候，两张嘴不晓得有多馋。十分钟不到，两碗洋芋箜饭便已下肚，明明已吃饱，但似乎还不尽兴。母亲端出热米汤，每人一碗。她说这是米油，多喝点，帮助消化。我记得吃饺子的时候，她也总让我们喝一碗饺子汤。若干年后，冬天吃羊肉，店家端上几碗撒了葱花的浓浓羊肉汤，说吃羊肉先喝汤，好消化，原汤化原食。我这才恍然大悟，原来母亲早就深谙此道。

精华总是在最后。全家人都吃毕，最后留在锅底的一点箜饭已经巴锅，在灶塘余温烘烤下，铲子一翻，好一张米锅巴！难敌脆香诱人，我们姐弟俩争抢食之。那是多么深刻的香味，多年后每次想起，我仍然吧唧着嘴巴，回味无穷。

洋芋箜饭的滋味，家常又美味。它是真正的大锅饭，可以让全家尽情饱腹。“同一口锅里吃饭”，这里面的亲热、相互体贴和照顾，相比西方传统的分餐制，在无形中更传递出一种温暖。

什么是亲人？就像新洋芋的清香之味，老腊肉下坠的沉实之香，嫩豌豆的鲜美之香，还有米饭的温厚包容，相互裹缠，织就一张绵密的亲情之网。这张网啊，织得牢不可破，结实又纯粹，不掺杂任何附加条件，就像父母的爱，随时都是向儿女敞开的，让人放心的温暖，一辈子不能忘记。

我指着洋芋箜饭说："老爸像老腊肉，我妈是米饭，我是才挖回的洋芋，小弟呢，自然是那调皮活泼的嫩豌豆了，真是有趣。"我爸脸一沉："没有老腊肉镇堂子，你们都别想有好吃的，老腊肉才是灵魂。"全家大笑。

厨房里小小一张旧方桌，是我们全家四口最亲密的距离。一日三餐，每人各坐一方，而且是习惯性的座位。我的座位总是朝着门口，看得见院子和一角天空。那时的天空总是钴蓝的，院子里的老柚子树又开花了，香气直往鼻孔里灌。几只燕子在屋檐下唧唧地叫，燕子妈妈春天孵出的宝宝已经会飞，它们也不怕人，绕着房檐上下翻飞，甚至飞到厨房里张望，它们也是闻到了洋芋箜饭的异香吧？

我常在檐下抬头看它们，它们沿着窝巢排排站，柔软的小肚腹，白得让人想触碰。想起上月它们还趴在窝里，张开小嘴，啾啾直叫唤，等着燕子爹妈投喂。正看得出神，一不注意，白色的燕子屎就落在衣服上。母亲笑说：燕子是吉祥鸟，燕子粪掉在身上，你有好运。

洋芋箜饭的香，永远留在我的记忆深处，跟燕子恋巢一样，无论飞得多远，每年春天一定会归来。它的窝巢已经老旧，但依旧是温暖的。那是不灭的灯盏，是恒久的亲情和爱意，不增加，也不减少，永远在时光里停驻。

毛豹皮樟

好吃不过茶泡饭

四川红白茶巴适得很，清凉可口，清热解毒，还有助于减肥，你上网查一下就晓得，好东西呢！

红白茶滋味浓

走进四川的乡镇餐馆，还没落座，跑堂小妹就拎着红白茶迎上前来。带盖的大肚玻璃壶，里面飘着嫩黄的叶片，茶汤倒入白瓷杯中，色泽透亮泛红，喝起来清凉生津。

外地朋友端起杯子，总会发问：这是什么茶啊？你们的餐前茶味道好独特。

四川红白茶既非红茶，也非白茶，说到底，它并非真正意义上的茶。红白茶是毛豹皮樟的芽叶，叶子长大后呈椭圆形，面绿背白，故此也有人直呼它为白茶。毛豹皮樟不属山茶科家族，属樟科，是一种树形高大的常绿乔木，灰色的树皮呈鳞片状剥落，树干就像华美的豹皮。旧时，普通人喝不起茶叶，以这种樟树叶片和嫩芽取而代之，制茶泡饮，也可煮成汤，滋味更浓醇。因为茶汤红亮，人们习惯叫它“红白茶”。

“好吃不过茶泡饭”，说的便是红白茶。这种茶汤泡饭，我小时吃过，味道微涩回甜，很开胃。夹一块豆腐乳出来，或者一碗盐菜烩青海椒，可以连吃两碗茶泡饭。

在《蜀人吃茶十五谈》中，流沙河先生曾提及这种茶。“那时，家家户户厨房一角都置有棕包壶，每晨打开壶盖，抓一把廉价的红白茶投壶中，冲沸水满，盖严，供全家吃一天。”的确如此，过去在四川，每年炎热的夏天，特别是麦收、割菜籽、打谷子等农忙时节，拎到田间地头的一大壶红白茶，是人们解暑消渴的方便饮品。

红白茶，就是很多地方称呼的“老鹰茶”。相传很久以前，有一只老鹰受了伤，被一个善良的山民救了下来，后来山民受伤，老鹰叼来树枝叶救下山民，这种树便是今天的毛豹皮樟。也有人说，老鹰茶的名称由来有二，一是毛豹皮樟只产于崇山峻岭之间，由于山高，只有老鹰等飞禽才能飞到上面；二是由于毛豹皮樟的叶片具有清凉解毒的作用，老鹰吃了腐肉，自己会飞到毛豹皮樟树上啄食树叶以解毒。这些传说给红白茶增加了很多趣味，也暗示着，这种茶具有相当的保健功效。

吃了红白茶，肚子饿得快，我妈说，红白茶刮油得很。过去，叶儿粑店里必定有红白茶佐餐，它俩是雷打不动的经典搭配。柑子树叶包出的叶儿粑，有的地方也叫猪儿粑，雪白软糯，躺在卵圆形的柑子树叶中，真的很像一头肥猪。一口咬下便流出油来，清香滋润，然而馅儿大都是切碎的半肥肉，吃完一个便觉油腻，这时喝一口微涩的红白茶，不自觉中，筷子又伸向第二个叶儿粑。

我总疑心这是店家商业营销之计策，就像烧烤摊上的烤五花肉或者烤茄子，无不用辣椒腌制好，烤好后还要撒上一大把孜然和辣椒面，过于麻辣的重口味食物，自然更利于啤酒的畅销。叶儿粑与红白茶，正是相得益彰。

火锅店里最常备的，也是红白茶。川人一周大约有两三天在吃火锅，毛肚、牛肉、豆腐、藕片……一路吃下来，辣辣乎乎的嘴，火烧火燎的胃，碰上一杯温热的红白茶，顷刻间麻辣油腻都被化解，继续大快朵颐。烟火人生，还有比这更快意、踏实的幸福吗？

曾经光顾一家店，吃到中途，火锅里需要续水，服务员走过来，拎起红白茶水壶，直接就往火锅里倒。我大惊，敢情这锅底居然是红白茶水啊？“开头用的是菌汤，”她解释说，“现在锅底烫过很多肉菜，汤太浓了，用红白茶水冲一下，你们继续吃，不得油腻。”

这真是红白茶的妙用。

新场古镇每逢赶集，都有销售野生红白茶的摊点。卖茶的是当地村民，实则也卖不了几个钱，不过是补贴家用。红白茶用传统土法炒制而成，口袋里一堆灰白蜷曲的干叶子，有些外地游客不认识，会好奇地上前询问。成都朋友胡先生每年都要前来购买。前几年，我曾赠送他一小袋红白茶，品尝之后，胡先生便被这口茶味征服。自此每年五六月，他必定屯上够吃一年的红白茶。古镇人来人往，遇到前来问茶的其他游客，胡先生热心地当起讲解员，直言：“四川红白茶巴适得很，清凉可口，清热解毒，你上网查一下就晓得，好东西呢！”

四川是产茶大省，茶园遍布，名茶迭出，红白茶是川茶大军中的一枝独秀，但这种毛豹皮樟树的数量并不多，采摘也更辛苦。由于树木高大，要采摘嫩芽，要么身手敏捷、爬上树梢，要么灵活借助梯子、钩子等工具。它们绝大部分生长在海拔1000

到2000米的深山密林中，在人迹罕至处，远离污染，萃聚日月精华，其纯正风味也正好得以保存。

红白茶为茶中异数，它就像炎夏吹来的一道清风。由于川人历来喜饮绿茶、花茶，这些年时兴喝红茶，茶界江山一片红，所以红白茶倒是备受冷落，尚未引起足够的关注，到目前为止，基本上仍处于野生状态，仅有极少量的人工栽培。

有一年春天，我和朋友去拜访山里的养蜂人高大爷，意外发现几棵高大的毛豹皮樟树。“这几棵都是两百多年的老树了！”高大爷指着满树嫩黄的新叶说，树太高，每次采摘得搭上梯子，一棵树能收二十几斤鲜叶，制成五六斤干茶。细看，樟树树皮呈鳞片状剥落，有的已裸露出光滑新鲜的灰色，形成参差错落的斑斓花纹，确实很像豹皮——真是好看的树。

临走之际，大爷拿出一袋红白茶送给我们。“今年的还没做，这些是去年自家做的，不嫌弃就拿回去喝。”大爷厚道，他不知道，存放两三年的老茶更好，冲泡出来滋味醇厚，其性不再寒凉。

红白茶，跟山里人一样质朴。它曾经是最大众化的茶品，煮出来大碗饮用，使人想起拉车的骆驼祥子，热汗横流的四川农民。

时至今日，茶界纷繁，但仍然有人钟情于它。“每年四月中旬到五月初，就是一年最忙的时候，白天基本一天都在山上，天快黑时再下山炒茶。这种茶的叶片厚，炒茶是力气活，茶叶要翻转抖开，热气要渗透。”古镇上卖红白茶的老岩说，茶季一到，茶农基本上是全家总动员，忙到深更半夜是常事。

鲜嫩的芽叶在热力作用下逐渐绵软、萎缩，当鲜绿消退、叶面微有黏感时，即可出锅。趁着热气，将茶叶放入箩筐中压实，任其发酵。次日清晨，捂过一夜，经温热发酵的绿叶渐渐变成白色，在阳光下抖散、晒干，一批新茶便问世了。

“我要两斤红白茶，麻烦帮我包装好，寄往上海……”红白茶制作完毕，销售旺季就此到来，每天电话、微信不断。依托便捷的物流，目前北京、上海、广州的外地客人已经成为主要客源。

唉，很久没有吃过叶儿粑就红白茶了。

扫码听书

落葵小记

“这是什么菜？长得像绿萝。”女儿拿起我买回的一把绿叶菜，好奇地问。“这是软浆叶，今天中午用它煮汤菜！”我说，软浆叶大名叫落葵。她很吃惊——这么美的名字！

落者，篱落、篱笆也；葵者，葵菜也。也就是说，落葵是一种攀爬在篱笆上的葵菜，也因此，很多人叫它篱笆菜，或者藤菜。

这种菜并非我国的本土植物，原生于南美热带地区，是汉朝前后经由印度引入我国的，起初被作为新奇蔬菜栽培，后来蔓延至民间，在温暖的南方生息繁衍，渐成百姓熟悉的时蔬。北宋时，见多识广的苏东坡第一次遇到落葵，也是不认识的。那一年，东坡游惠州丰湖，在欣赏烟波浩渺、山明水秀之后，意欲在湖畔人家寻些粗茶淡饭。饭桌上，村民端上来一碗汤羹，只见菜叶碧绿圆润，形似西湖莼菜，再品滋味，只觉得嫩滑甜美，询问起来，老乡答曰：藤菜。

东坡进入菜园打探，只见一架翠绿藤菜攀附于篱笆上，生机勃然，叶子呈圆形，肥厚光滑，像绿色的木耳，一掐茎叶，浆汁四溅，难怪煮出来口感鲜嫩软滑。东坡抚掌大笑，杭州有水生的莼菜，岭南有陆生的藤菜，此二者有异曲同工之妙也！后来他写下组诗《新年五首》，其中之一句便是：“丰湖有藤菜，似可敌莼羹。”

在四川乡间，人们叫它软浆叶，言其叶软、浆多。软浆叶是夏天常见的毛毛菜，菜市上时常有卖的，一块钱可以买一大把。嫩叶烹调后清香鲜美，口感滑嫩，很多人都喜欢吃。我从小生活在农村，对它很熟悉，不过从前并不大爱吃这菜，嫌它煮熟后滑溜溜、腻歪歪，还有一种说不清道不明的淡淡腥气。祖母却喜欢吃，锅里还煮着面，转身就去摘几片，洗洗丢入，然后捞出一碗汤面，鲜绿可人。

人喜欢吃什么，其实是来自身体深处的呼唤。长大后我念了几天书，才知道软浆叶的营养极其丰富，尤其钙、铁等元素含量高，有清热解毒的功效，并且润肠通便，极适宜老人食用。我于是也渐渐喜欢上了它，每年夏天都会买上几回，或快炒蒜爆，或素油凉拌，或煮一小盆豆腐汤菜，绿油油的端上桌，清爽可口。

小时候，每年春分一过，村民就在房前屋后播种一些软浆叶籽，夏天藤蔓到处爬，篱笆、屋顶、土墙上，到处都是，叶子长得茂盛，看上去一架青翠欲滴，鲜嫩极了。花也好看，白里泛着粉紫，小而俏丽，很有韵致。

最有趣的是它结的果，先是绿绿的，好像圆鼓鼓的眼睛，然后逐渐变成紫色、黑色，累累悬垂于架上，饱满发亮，轻轻捏破，汁液横流。记得上小学时，班里的男孩子捣蛋，常常抓一把软浆叶果当颜料到处涂抹，若不小心涂在衣服上，很不容易洗掉。有一次，同桌的女孩穿了一件白衬衣，不知怎么被他们染花了，气得她哇哇大哭。

李时珍在《本草纲目》中记载，将果子“揉取汁，红如燕支（胭脂），女人饰面、点唇及染布物”，是极好的天然染色剂。时至今日，落葵果汁液的提取物亦被用作天然无害的食品着色剂。不过，若是用这红色汁液来染衣物，经日晒和浣洗，稍久便会褪色。

说来惭愧，吃过多年软浆叶，我最近几年才知道，软浆叶就是落葵。家乡有个文友，笔名紫苏落葵，这么文艺的名字，貌似古典而仙气，其实，紫苏、落葵分别是两种极其草根的乡间植物，跟小资情调八竿子打不着。

“就像我，原本就是一棵长在乡间的植物，毫不起眼，自己生长，自己奋斗。”她笑嘻嘻的，一看便知性情率真。她是个相当勤奋的网络写手，三十来岁已经写八九本书了。我最欣赏的是她的那些乡野随笔，文字精短，涉笔成趣，果然是名如其人、文如其名，没有任何虚浮华丽，自然朴实，非常接地气。一起喝茶时，她讲述自己的经历，母亲生病，全家举债，她十几岁便开始用一支笔养家，我们听得惊讶，瞪大眼睛。从此，我每当看到软浆叶，总是会想起那位妹妹，对这不起眼的乡土蔬菜也多了几分好感。

偶翻台湾女作家丘彦明的《浮生悠悠》，无意中看到软浆叶的记载。丘彦明出生于台南，后嫁给一个成都人，她也从没见过软浆叶，后来，夫妻俩把软浆叶籽带到荷兰，种在门前地里，从此才开始认识这种植物。她在书里写到，有一次在荷兰的一个花市闲逛，发现荷兰人把软

浆叶当成观赏花卉来养，给它搭起架子，让它自由攀藤、开花结果。想来有趣，这名叫落葵的植物，如果把它在世界各地的旅行经历写成书，一定好看。

明年春天，我要在阳台上腾一角种上落葵，浇水、施肥，相信它一定可以像牵牛花一样攀援生长。待到满架葱茏，既可以吟风赏叶，又可以摘下嫩叶煮来吃，既有审美之妙又实用，一举两得。软浆叶，或者说落葵，就这样以不同形态融入我们的小日子，并给予人生不同的味道。

苦笋是笋中的尤物

苦笋是夏天的好菜，苦得有味，且清热解毒。喜欢自讨“苦”吃的人，溽暑里会好过一些。苦味入心，可降泄心火。吃过苦，心就不会燥热。心清凉了，皮肤腠理就打开了，热汗淌出来，湿气自然就跑了。所谓养生，就是顺应四时节序，与自然同频共振。

话说苦笋，它太有名气了。唐代书法家怀素写过《苦笋帖》：“苦笋及茗异常佳，乃可径来。怀素上。”这封短笺，在书法史上赫赫有名。我初读此帖时，尚未品尝过苦笋，颇觉好奇——佳就佳吧，“异常佳”，非同一般了，这苦笋，有那么好吗?

宋代大诗人陆游曾亲自烹制苦笋，有诗为证：“薏实炊明珠，苦笋馔白玉。”黄庭坚也甚爱苦笋，还写过一首诗向朋友讨笋：“南园苦笋味胜肉，箨称冤莫采录。烦君更致苍玉束，明日风雨皆成竹。”他还写过《苦笋赋》，说苦笋虽苦，但苦而有滋有味，如同忠谏之可利国。文章虽短，但文字清通，借苦笋格物，自有深意。

好苦笋不容易碰到。偶见菜市场一堆，说是刚从山林里掰回来的，每颗笋苞肥硕茁壮，还穿着带毛的笋壳。很多人围着选购。挽着裤腿、衣服上沾着泥巴的汉子，操着一口浓重的川西方言，大声说：带壳称重，不要剥壳，拿回去可以保鲜半个月！

苦笋美味，名不虚传。要吃时，剥掉笋衣，也不用洗，直接投入开水里，焯水后捞出，切成薄片，冷水漂之。然后，根据食者喜好，凉拌、烧汤、素炒、油焖等。

个人觉得，最好吃的莫过于苦笋汤。做法最简单，高汤（猪骨汤最适宜）烧滚，下入切得极薄的笋片，煮熟后加少许盐，撒几朵葱花，端上桌来，笋片白里泛黄，娇嫩如玉，如不系之舟，如漂流之木，悠悠荡于水面，入口嫩爽，嚼之清脆有声，淡淡的苦在舌尖喉咙萦绕，回味不尽。

苦笋又名甘笋，这名字真奇怪——到底苦耶？甘耶？实则，苦笋的妙处就在于苦中带甘，苦后回甘，苦得独树一帜，有个性。难怪陆游、黄庭坚都钟情于它，正所谓同气相求。

中国是食笋最早的国家之一，至今已有三千多年历史。竹子种类很多，热带、亚热带、温带都有分布。笋的大家族中，苦笋属于旁逸斜出的小众，特立独行。我身边有些人并不爱吃它，嫌其味苦，撇嘴说清甜的笋子都多得吃不完，何必去吃苦。但是我执拗地热爱它，一见苦笋就如见故人，欢呼惊叫。

苦笋是笋中的尤物。

怀素把苦笋与茗相提并论，值得深究。何为茗？茶者，南方之嘉木也，早采为“茶”，晚采为“茗”。晚春之“茗”，茶多酚等有机物质含量丰富，滋味醇厚，经久耐泡，味苦而回甘。真正的爱茶人从不会嫌苦，苦正是它灵魂的香气所在。苦笋和茗，均可清心。

第一次吃苦笋，是在十多年前，乐山的亲戚送我苦笋罐头，开罐，淘洗，炖排骨。除了淡淡的苦，印象并不深。也许是离山林远了，失去鲜嫩脆爽的滋味，妙龄少女变成白发老妪，鲜灵的魂儿已然远去。最好吃的笋，一定是在“一小时餐桌”上——从采摘到上桌，不超过一小时。妙处就在于一个“鲜”字。

刚采剥的笋，还带着露珠和魂灵儿，立刻煮食，简单、至味，最鲜美。屋外山林蓊郁，蝉声如雨，对面青山起伏，层峦叠嶂，仙雾缭绕，纷繁尘事都是遥远的。一小盆新鲜苦笋，就着一碗白米饭，痛快饱啖，个中滋味，无穷尽矣。

布衣暖，苦笋滋味长，它们野生野长于深山老林，除了笋季有人造访，绝大部分时候，它们都被云雾深锁，在时间之外，凝神静气，各自清修，参禅打坐。

想象我坐在山间茅屋里，桌上一盆苦笋汤，正要伸筷品尝这山野佳肴，突然茅屋门被推开，一位宋朝的朋友走进屋来。他竹杖芒鞋，形貌清瘦如竹。进得屋子，也不言语，摘下竹笠靠于墙边，径直走到桌前，夹起一筷子苦笋，有滋有味地咀嚼起来。末了，面露微笑，慢慢起身，径直去了。我起身探望，已无影无踪。

蝉鸣在耳，竹林的绿越发深浓了。

苦瓜的颂歌

多年前，我在朋友家里吃过一道菜，苦瓜烧鸡。她把苦瓜切成块，扔进咕嘟咕嘟沸腾的鸡肉锅中。我大为不解，好端端的红烧鸡，弄得苦兮兮的，可怎么好吃。她呵呵一笑：大惊小怪了吧，苦瓜无论跟什么菜同炒同煮，绝不会把苦味传给其他菜，它有君子之德、君子之操。

我从此记住了，苦瓜是君子菜，对它的好感也增加了几分。后来我也常做这道菜，鸡肉吃了容易上火，苦瓜可以清热，它俩搭配，正好彼此中和。

夏天，路边摊上有农人卖菜，挂着水珠的鲜嫩苦瓜，绿得光洁、晶莹，俨然翠玉一般，昂首挺胸立在篮子里，煞是好看。

吃苦瓜可以消暑。但是有相当长的一段时间，我不敢吃苦瓜，尤其是凉拌苦瓜，一吃就拉肚子。我知道，人与食物讲究一些缘分。随着年纪渐长，大约是体质起了变化，不再那么寒凉，又可以吃苦瓜了。苦瓜好吃，它其实并没有想象的那么苦。苦瓜的苦，是一种与众不同的味道。吃一口，便会有凉意透生之感。

小时候，家里每年都要种些苦瓜。我喜欢摘瓜，尤其是清晨，露水挂在苦瓜上，翠绿瓜皮斑驳凹凸，每个颗粒都在太阳光的折射下闪闪发亮，一片璀璨。

水洗过的苦瓜，越发崭新鲜活，清气十足。在厨房里切苦瓜，嚓嚓嚓，一片脆响，切出大片整齐的绿白色，就会想起一句诗：一片冰心在玉壶。

苦瓜是一种大众菜，平易、随和，种在寻常百姓家。一架苦瓜能结很多，一嘟噜一串串。苦瓜“大下”的时候，多得吃不完，摘得来不及，难免有长老在架上的，它们就会逐渐由绿变黄，由黄变红。我吃过熟透的苦瓜，橙红色，一点也不苦，倒是甜丝丝的，特别是掰开苦瓜的大肚皮，抠下籽粒上鲜红的瓤肉，吃起来清鲜香甜。

不是所有人都爱吃苦瓜。年轻人能吃苦瓜的很少，多数喜欢甜食，对苦味食物较为反感。我发现，只要餐桌上有苦瓜一菜，他们基本上自动忽略。其实有法减轻苦味，先把切好的苦瓜放进盐水里，浸泡几分钟，把苦水挤出，再用冷开水反复冲淘几遍，这样苦味大大减弱，但苦瓜的风味犹存。时下，年轻人工作压力大，事多人忙，尤其夏天，盆地多雨湿热，其实他们更需要这道小菜，在幽幽苦味中清心祛暑，这可比吹空调、吃冷饮管用得多。夏季应该养阳，不能贪凉，空调冷饮带来一时之爽，但是直接损伤人体阳气，得不偿失。凡事需要节制，这也是在生活中培养正念之心。

近来喜欢将苦瓜横切成圈，中间塞进肉泥，放笼屉上蒸着吃。这道菜叫苦瓜酿，蒸好后清淡爽口，苦瓜香气诱人，微苦鲜香，不但有清热解毒、明目败火、开胃消食之效，还因为它是蒸菜，吃了可以暖胃益气。夹一块入嘴，轻轻咀嚼，一缕纯正的苦味顺着喉咙流进腹内，清香微苦，兼有肉馅的肥美鲜香，实在妙不可言。

我还倾心苦瓜的另一道菜——酸菜苦瓜汤。先将苦瓜去蒂剖开，用刀切成薄片，加点蒜末，放少许油和酸菜一起炒，然后加开水小煮一会儿，最后加点鸡精、葱花即可。苦瓜汤解暑清热，汤鲜味苦而酸，回味却有淡淡的香。

清代有个画家石涛，给自己取个外号叫“苦瓜和尚”。据说他餐餐不离苦瓜，甚至将苦瓜供在案头。石涛曾经说过一段话，大意是说：我的一生，怎一个苦字了得？他还把自己关于绘画的理论文章，取名为《苦瓜和尚画语录》。那么，与苦瓜有如此渊源的石涛，画过苦瓜吗？我没有见过，不过我相信，石涛如果画苦瓜，应该是别具一格的，独特的笔墨里，有着石涛内心的滋味。

余光中先生的诗歌《白玉苦瓜》，最后一句是：“一首歌，咏生命曾经是瓜而苦，被永恒引渡，成果而甘。”

辣椒而已

老屋厨房开了一道后门，出去是一片竹林，一条沟渠流水哗哗，沟边几棵水杉、桤木、麻柳，跨过沟便是竹篱围成的菜园。菜园大约两分地，每年夏季是最热闹的时候，丝瓜苦瓜爬满架子，豇豆开着紫色的花，红的青的西红柿，青的红的辣椒，都在绿色的枝叶间垂挂着。

辣椒有整整两畦，母亲对它们最为上心。她说：这个品种叫二荆条，特别能结。四五月间辣椒开出白花，很快就在青绿枝叶间悬吊起一根根辣椒，浅淡翠绿，在微风中摇摆，很快乐悠闲的样子。

第一批辣椒长成，浅绿色，茁壮稚嫩，辣椒蒂一掐即断。全家人都爱吃煎辣椒。母亲每顿去摘二十来根，到压水井前洗净，回到厨房，下锅，煎熟，起锅，淋上酱油、醋，撒上味精，不过十分钟的事。可以说，这是离菜园最近的餐桌，也是离餐桌最近的菜园。

青辣椒鲜美微辣，特别下饭。煎一盘上桌，筷子齐下，瞬间清空，远胜大鱼大肉。

稍微老了的辣椒，母亲就丢进灶膛里烧。用滚烫的柴灰盖住，待饭快要做好时，刨开灰堆，用火钳夹起来，稍微晾凉，一根根拍打干净，手撕成一条条，再拌以油盐酱醋，即食。若干年后，我喜欢在一家乡土菜餐馆吃饭，有一道菜叫烧海椒，百吃不厌。不过跟我妈做的相比还是差了点味道，究其原因，店家是放在燃气炉子上烧的，跟柴火灶膛里焐的肯定不一样。不过聊胜于无，这年头哪里去找柴灶呢，农村里家家户户都已接通天然气，啪的一声，蓝幽幽的火苗就蹿得老高，多省事。父亲说，这比以前烧柴方便一万倍。只是，留在我记忆里的烧辣椒之味，从此成为绝味。

除此之外，还有辣椒炒鸡蛋。这种吃法很多人没听说过，其实就是农村就地取材的土法。鸡窝里现捡的鸡蛋，摸起来还热乎乎的，在灶台边磕破，打在碗里，搅匀。青海椒现摘回来，带着鲜灵灵的气，择去蒂把，用菜刀片开，切成碎片。先炒辣椒，锅里不用一丁点油，小火快炒，炒去辣椒的燥气，同时也炒去水分，然后铲入搅好的蛋液中，用筷子拌匀。最后一步，倾倒入热油锅中，待蛋液成形，用勺子散开，让每一颗辣椒都裹上鸡蛋，端上桌来，鲜美绝伦，只有清香脆美，毫无辣味。

这道菜的灵魂在于鲜，跟刚钓的鱼、刚挖的竹笋一样。刚钓的鱼，还在甩头摆尾；刚挖的笋，仍在奋力冒尖；刚掐的青海椒，人家还在进行光合作用，这就取了来，烧起来就吃，吃的是第一手新鲜，怎么会不美味呢？

再老一点的辣椒，颜色青红，老家人说的"偷油婆（四川方言，即蟑螂）颜色"，就用来做泡菜。跟藠头、豇豆一起泡入坛中，相互借味，有些人家泡菜做得极好，到冬腊月间捞出来，还是硬的，酸甜而脆，带一些轻微的辣味，十分开胃。20世纪80年代，老家农村还比较贫困，平时有这种泡青红辣椒，忙时不用做菜，用它也可以下两碗干饭。

青辣椒吃了一茬，又出一茬。到了仲夏，骄阳似火，菜园里一片闹猛，辣椒都集体穿上红衣。那时父母就要好好地忙几日。一次性把它们全部摘下，择好，洗净，剁碎，加入发酵过的蚕豆瓣，做成几坛豆瓣酱，以后炒菜、烧菜都离不开它们。川菜里是豆瓣辣椒定江山，没有色香味浓的辣椒，去哪里寻找回锅肉的灵魂呢？

辣椒被四川人称作海椒，从名字可知，它是漂洋过海而来的植物。当第一株辣椒乘着商船来到中国时，它是被当作观赏植物的。谁也想不到，这鲜艳可爱的东西，居然席卷起一场旷日持久的红色浪潮。算来，辣椒进入中华饮食谱系已有四百多年，它在中国蔓延成一片火红的版图。人们早已习惯辣椒的存在，甚至淡忘了它是外来物种。如今，红红火火的辣椒串，挂在普通人家的屋檐下，出现在舞台和影视剧里，甚至大城市的餐馆墙壁也用它做装饰，营造出一派热烈与人间烟火气息。

辣椒凭什么魅力征服国人的味蕾呢？据说，辣椒在舌尖上燃起的灼热，可以促使大脑分泌内啡肽，从而使人产生欣悦兴奋之感。又据说，辣椒可以除湿，四川盆地气候湿润，长寿老人大多喜欢吃辣椒。

有一次去山里拜访一位养蜂人。山林深幽，翠竹处处。养蜂人处在山腰上，一道山涧旁，弃车步行，往竹林深处行数百米，有水声哗然。老人住在几间旧砖房里，门口一畦菜地，种植着辣椒。他的房屋没有围墙，正对三面青山，雾岚在对面的山尖上搁着，有时吹来一阵风，就看得见云卷云舒，好似花开花落。

养蜂人今年八十有余，神色清爽，健步如飞，他不看电视，不听广播，家中二十几箱蜜蜂做伴，厨房一角是砌得整整齐齐的柴捆，屋子里唯有两样电器，一盏电灯泡，一只电饭煲。子女六七，孙辈数十，都已下山进城，最远的飞到北京、深圳去安家落户了。山脚公路边的小区，当地政府也给他分配了住房，但老人不肯下山，仍喜欢一人在山里独居。

问老人爱吃什么菜，答曰：辣椒而已。

小暑的野生菌

二十四节气，每一个都有确定的意蕴。万物都活在节令里，就像钢琴的琴键，从低音区到高音区，分毫不差。譬如惊蛰一到，真的就万物复苏了。而小暑呢，像个满脸淌汗的男孩，当他气喘吁吁地跑过来说：“我跟我大哥一路来了哦，怕不怕热？”于是大暑也接踵而来，一串烈日炙烤的日子就在面前铺展开来。

蜀地生物多样，每个节气除了明确的意思，还有丰富的内涵和外延。就像古诗词中的用典，说出来的是一个词语，勾起的是“荡胸生层云”的情怀，以及各种由此及彼、由近及远的联想。

譬如，西岭山中人说“小暑到了”，其实你不知道，他心里想的并不是炎热，而是另一件有意思的事情。

西岭的小暑，风吹山谷，却不是烈焰的赤热。热情的是蝉，它们破土而出，羽化成虫，十几年在土里的黑暗中成长，终于换来几十天的自由飞翔与高声歌唱。但西岭山中的夏天是知了唱不热的，它们再怎么扯起嗓子，唱得嘶哑，这里的夏季平均温度仍在20℃上下，所以说这里是清凉世界，绝非谬言。

小暑牵动人心，最重要的原因在于野生菌。每年此时，菜市场地摊上就开始摆出各色鲜菌。纤细灰色的是竹根菌，基本上只长在竹林里；黄色的是南瓜菌，适合炖骨头汤；褐色的是青冈钻儿，簇生在青冈树的树根上，适合用青海椒蒸；红菇肉厚肥嫩，可以炒来吃……

最珍贵的当然是鸡枞菌了。我们叫它三塔菌，又叫斗鸡菇。因为菌肉呈奶白色，蒸、炒、煮汤都可以，吃起来有鸡肉般的鲜香。

我觉得斗鸡菇这个名字很形象。鲜嫩的菌骨朵刚打开时，顶部有显著突起，雪白的菌褶朝四面微微散开，使得每个菇伞都像斗笠，以手指触压伞尖，硬硬的，有如铁器扎手。这种模样的斗鸡菇，滋味最好，每斤可卖百元以上。若菌盖完全撑开，颜色变成微黄，这就是开泛了，做成菜，香味差一大截，吃起来粗粗的，仿佛在说：很遗憾，你已经错过我最美好的年华。

鸡枞菌是可遇不可求的山珍。非常奇怪，它们只生在白蚁窝里，和山里的白蚁相互养活对方。所以，一到小暑，山里人就会拿出私藏的专属“鸡枞窝地图”，鸡叫之前便上山捡鸡枞菌。

一个鸡枞窝，往往是簸箕大的一丛，一次可以采到几斤。地点只有第一个发现的人知道，他或许是偶然发现，但他会牢记这个日子，隐藏起这个窝。之后每年的同一天、同一地点，都会给他长出一大窝鸡枞菌。在别人看来，这片枯叶地毫不起眼，只有鸡枞窝的主人才知道如何准确地找到它。山里的传说是，假如他泄露秘密，把时间地点告诉别人，第二年就长不出鸡枞菌了。

采摘鸡枞菌不可以尖叫，要安静温柔地“请”它们。切忌哇哇乱叫，据说如果惊扰地仙，次年鸡枞菌就会转移地点。采摘也有讲究，忌用铁器，只能用一头削尖的木棍轻轻撬松周围泥土，再小心翼翼把鸡枞菌抽出来。不能破坏底下菌丝，一旦挖穿，这鸡枞窝就报废了。

小暑雨后，是鸡枞菌的高发期，这时采摘的菌子最新鲜，还沾着露水。集镇上，如果遇到穿着雨靴的山民，浑身沾着泥巴，面前的篮子或塑料袋里是一簇簇嫩蓬蓬的鸡枞菌，不用说，这些宝贝一定是他在雨后的清晨采回的。

采来的鸡枞菌，村民往往舍不得自家吃，因为一窝菌可以卖几百块钱。小孩如果找到一窝鸡枞菌，成就感真是无与伦比，不用你自己出去吹嘘，爸妈就会美不滋地在亲友面前宣扬你的壮举，引得叔叔婶子们啧啧夸奖。这多让人羡慕！别处的孩子，哪能玩着玩着就不小心挣一笔钱补贴家用呢？

鸡枞菌珍贵，碰运气买到它的人，心里也都是乐滋滋的，回家的步子小鹿一样轻快。好菌子最好不用刀切，手撕成条状，用一只小母鸡来搭配它。汤鲜，滋味浓，吃过后还会回味很久。跟人摆起龙门阵，“哟喂，那天吃过的鲜菌鸡汤，太港了”。

有一年夏天，我在西岭镇上吃过一道绝美的菜，鸡枞菌炒青豆，至今难忘。山里的夏天，豆荚成熟得迟些，刚剥出的青豆米，粒粒如翡翠。鸡枞菌和青豆同时下锅，猛火爆炒，再加水闷烧，其味之清香鲜美，无与伦比。

在城里的一家酒楼吃过一次昂贵的菌包。鸡枞菌切成丁，跟鲜肉混合后做成包子。笼屉一揭开，芬芳的菌香扑面而来，咬一口，口感滑中有脆，美味爽口。

鸡枞菌是野生菌里的王者，它的地位无法撼动。除了它，还有很多好菌，常见的是青冈菌，我小时候常吃。夏天早晨，母亲踩着露水出门干活，回家常有顺手采摘的一把青冈菌。她眼睛尖，总会发现这些隐藏在树根旁边，跟枯草和落叶同样颜色的菌子。

运气好的时候，家里正好有块猪肉，那么就有口福了，青冈菌烧肉，每次都会被全家人扫光，我和弟弟连菜里的蒜瓣都抢着吃。最后的一点残汤，倒进米饭里，被吃得一干二净。

多年过去，当我跟女儿谈及这些乡野美味，她叹息道：唉，闻所未闻，见所未见，无法想象它们的味道，即使在山里见到，怕也不敢吃，都不认识啊。我默然了，七十年代出生的我，曾有匮乏却又丰饶的童年，“95后”的她，童年有玩具、漂亮的白蕾丝裙子，却少了泥土气。她和同伴们吃过杏鲍菇、金针菇，就是很少品味过野生鲜菌。

而今更多的孩子们，生活在林立的高楼里，他们会跟着唱童谣，“红伞伞，白杆杆，吃完一起躺板板”，却不知道歌谣背后那些红的黄的白的野菌，更不知道刚采下的鸡枞菌的绝美之味。

过去的日子，其实并不曾真的远离。如果你在小暑时节到西岭山区，至少青冈菌、大脚菇是有的，运气好的话，会遇到更多模样和口味的野生菌，它们会在小暑的一场雨后，在每座山林里争先恐后地钻出来，然后来到市场，来到你的餐桌。这是大山的珍贵赠予。

青蒿幽绿

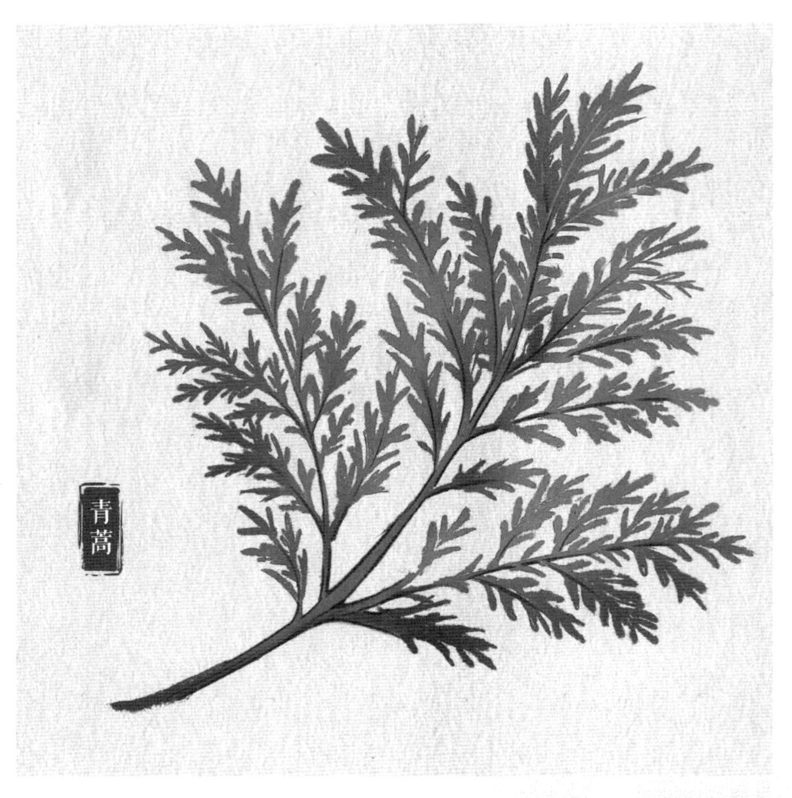

我问朋友："说到青蒿，你会想到什么？""当然是女科学家屠呦呦。"她毫不犹豫地回答。屠呦呦由于在创制新型抗疟药青蒿素上的贡献，获得2015年诺贝尔生理学或医学奖。世人看到的是诺奖的光环，殊不知，这位了不起的女性是通过数十年潜心钻研，百折不挠地努力，最终提取出治疟疾的青蒿素，解除世人痛苦的。

青蒿素，来源于中国传统中草药青蒿。

想起青蒿，便想起端午。端午节是人类和植物交流最多的节日。每到这时，蜀葵、木槿花就仿佛听到某种神秘的呼唤，不约而同地开花，穿着石榴裙的石榴花也来了，它们站在初夏的枝头推推搡搡。青蒿和艾草先于它们做好准备，它们知道自己即将走上家家户户的门楣，为人们驱虫避邪。

青蒿枝叶皆绿，一副淡定深沉的模样，仿佛底气十足。是呀，在菊科蒿属中，人家可是当之无愧的"科长"。青蒿年复一年配合着人类，完成各种各样的仪式。人类懂它的香，懂它的药用，更信仰它恒久的守护。这是植物给我们的安全感，它们在场，让人心神皆宁。

这几年，越来越多家长选择在端午前后，带领孩子进行一场山野之旅， 寻访各种植物，也收获愉悦的亲子时光。孩子们一张张小脸蛋浸透汗水，红扑扑地发亮，手里攥着亲手采摘的蒲公英、鱼腥草、一年蓬，欢笑着，眼神激动。这场短途旅行，对成年人来说是回归自然的治愈。年复一年，人们借此重新找回与天地的联结。东方人最终还是要回到东方的源流中，人与万物同体，借助山水草木，与自我和解。

大山总是仁慈慷慨的。访山结束，还可以带些草药野蔬回家，譬如青蒿。

乡野遍生的青蒿，是农村人熟悉的药草，可以消炎止血、治疗伤口、祛风除寒、治感冒、熏蒸除热、医治脚病，妇人还将其与土鸡蛋和红糖同煮，作为治疗月经不凋、宫颈炎等妇科疾病的偏方。

记忆中，一到端午，我妈就挥舞铮亮锋利的镰刀，将房前屋后的青蒿割回家，置放在通风向阳的庭院里，晾干后，除去坚硬枝干，留下芳香浓厚的青蒿叶，用来做护颈枕头，或将蒿叶揉碎成团，引火“焚烧一炉香”，杀菌消毒除秽。

青蒿嫩苗可食。《诗经·小雅》吟唱：“呦呦鹿鸣，食野之蒿。”青蒿长在两千多年前的野地，供我们的先民采而食之。道教学者、医药学家陶弘景也曾写道：“处处有之，即今青蒿，人亦取杂香菜食之。”这些年，我已经吃过很多次青蒿。它不像艾草，艾草除去药用，没人敢用来做菜，苦不堪言。相比之下，青蒿虽然有类似艾草的药味，但它的苦在可以接受的范围内。

青蒿肘子是一道别出心裁的菜肴，也是食疗佳品。肥而不腻，炬而不烂，是最大的吃点。有一次，我带几个省城来的老师去吃农家餐，一钵青蒿肘子端上桌，微微的绿色汤汁，弥漫着清香，喝一口，唇齿留香，众人纷纷赞叹。

青蒿入口微苦，有纤维的质感，但具有清热利湿、补中益气的功效，想到这层，便畅快地吞掉了，仿佛吃进去的是人与食物的美好关系。神奇的是，因为加入青蒿，肘子汤原本肥腻的感觉荡然无存，清花亮色，有来自田野深处的幽香。菜品转了一轮又一轮，汤勺碰触汤钵的微响始终不绝。

另一道乡野美食蒿草粑粑，它的灵魂也源自青蒿。每年初春，山野里花开草长，清香四溢，在繁花野草之中，名叫青蒿的小草在沟坎荒地肆意生长，它是蒿草粑粑的主要原料，以叶细背白者为最佳。

过去，人们采撷鲜嫩的青蒿嫩苗，带回家清洗干净，反复捏揉，使劲挤压，取出汁液，完了一看，两只手都被染绿，尤其指甲缝里，几天都是青幽幽的。今天做这道美食就容易多了，因为有破壁机帮忙。接下来，把糯米籼米混合磨成米浆，滴干水分，再倒入青蒿汁，反复揉搓、挼来挼去，待米粉团变成一团青碧。然后跟包叶儿粑一样，包入腊肉葱花馅儿或者豆沙馅儿，最后架起铁锅，大火蒸熟。

约莫半小时后，蒸笼里开始散发诱人的清香。揭锅，蒿草粑粑热气腾腾，芳香四溢，色泽青白杂糅，泛着光亮。入口绵软清香，油而不腻。跟棉花草馍馍相比，它多了一层若有若无的苦香。刚出笼的蒿草粑粑滚烫至极，用筷子夹起，盛入小碗，坐在竹椅上边吹边吃，外面是空灵悠长的杜鹃鸟啼，几只花蝴蝶在院坝里飞，纷纷绕绕……年岁渐长，在时光的滤镜里，当年的辛酸困苦都已消失，只剩这些美好，它们是无法忘记的。

想及蒿草粑粑，不禁舌下生津，我自忖：今天的孩子们，将来长大甚至老去，有哪些关于青蒿的童年记忆呢?

看过一则新闻，屠呦呦说，愿青蒿素的故事一直写下去。她最大的梦想是用古老的中医药促进人类健康，让全世界的人们都能分享到它的好处。朋友说，屠呦呦值得敬重，她为人淡泊，低调到极点。诺奖颁给她的那一两年，能看到一两点关于她的零星报道，再后来，便没了任何消息。仿佛她就是一棵青蒿，又隐身回到青蒿丛中去了。指不定，哪年又为人类奉献出珍贵药物。

作为多年生菊科草本植物，青蒿经冬不死，入春因陈根而生，因此它也叫因陈或茵陈——多美的名字，意味深长。童话里，小蝌蚪到处找妈妈，找啊找啊，在寻找的过程中，小蝌蚪渐渐长出两条腿、四条腿，最后变成了青蛙。这个故事告诉我们，世间万物在以不变的规律变化着，埋在深土里的茵陈根，年复一年长成翠绿茁壮的青蒿，而在青蒿恒久散发的馨香里，是可以踏上回头路的，一路走到远方，重回童年怀抱。

扫码听书

茭白的形而上学

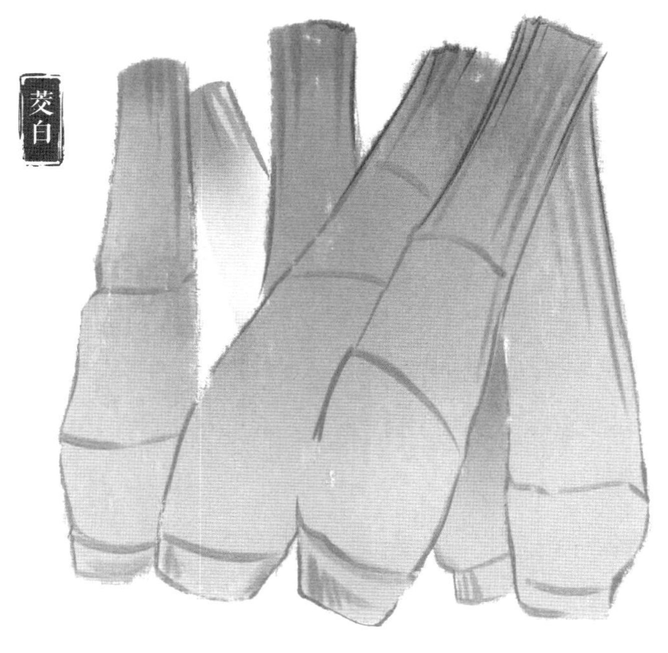

家乡水质好，雪水汇成溪流，纵横流淌，像大地上的毛细血管。水田多，水塘多，水稻多，高笋也多。每到夏末秋初，在拥挤熙攘的菜市场，小摊上摆着整齐码好的高笋，一棵棵洗得干干净净，光润水灵，白里透绿。陡然遇见，不由得眼前一亮，好像嘈杂人堆里忽然走出一位白衣胜雪的少年。

高笋便宜，两三块钱一斤。村民热心地给你称秤，秤杆翘得老高，收钱的时候，零头直接抹掉。你过意不去，他笑说：不关事，自家种的。“不关事”，当地方言，意思是没关系。我总觉得，这句话颇有古风。

村民说，茭白可以生吃，又甜又脆。我半信半疑，折下顶端最嫩的一截儿笋尖，入嘴生嚼，果然清爽鲜甜，唇齿之间似有烟云雨露飘过。

高笋，就是江南人说的茭白。四川方言一直称“高笋”，还有人喊它“高瓜”。茭白和瓜并无关系，也许是茭白吃起来有瓜的水润、清嫩吧。茭白与瓜，一个水生，一个陆生，两者八竿子打不着，却硬是拉拢在一起，这也是民间趣味。

高笋还有个更古雅的名字——菰。菰是多年生禾本科植物，跟水稻是亲戚，高秆，开淡白小花，落花后结的籽可食用，称菰米。菰米用来煮饭，香滑爽口。在古代，菰是主要的粮食作物之一，《礼记》记载：“蜗醢而菰羹。”菰羹就是菰米熬制的饭粥，可见周朝已用它的籽粒作为粮食。

菰米还有一个别名叫“雕胡”。大唐李白被现实碾压之后，曾经在安徽铜陵五松山下吃到“雕胡饭”，并赋诗《宿五松山下荀媪［ǎo］家》记之：

我宿五松下，寂寥无所欢。
田家秋作苦，邻女夜舂寒。
跪进雕胡饭，月光明素盘。
令人惭漂母，三谢不能餐。

大意是说，这一年秋天，我浪迹于五松山下，落寞寡欢。农家辛苦劳作，夜里寒凉，邻家女子还在忙着舂米。荀家老媪端来香喷喷的菰米饭，白月光一样皎洁的情意盛满钵盘，想起古时韩信受惠于漂母的典故，这深情使我一再辞谢，不敢进餐。

古时曾经馨香满口的菰米，因产量极低，逐渐被淘汰，后人只能走进古诗文，在纸页间和想象中品味它的美味。一两千年后，在新冠肺炎肆虐时期，居住在意大利米兰城的一名中国留学生，晒出中国驻意大利大使馆发放的“健康包”。包内装有一盒中成药、二十个口罩，更令人动容的是，包内还附有一张中国大使用毛笔手写的短柬：“细理游子绪，菰米似故乡。”这两句诗是从一首残缺的唐诗化生而出，含蓄蕴藉，闪着露珠一样的光，一下子就击中游子的心坎。

且看唐代诗人沈韬文的原诗《游西湖》：

□□□□□□□，菰米蘋花似故乡。

不是不归归未得，好风明月一思量。

诗的第一句已经遗失在历史尘烟里，不过并不影响后三句的精彩。菰米蘋花、好风明月，家乡风物撩动心弦，触动华夏子孙心底的诗情与温暖。漂泊在世界各地的游子，就像一朵朵飘动的云，每一朵云都有层层叠叠的故事，每一朵云都是泪腺发达的积雨云，天涯路远，乡思情重，即使萍踪万里，心永远是中国心，一句“菰米似故乡”，连带让人想起“不是不归归未得”，怎不令人热泪盈眶。

菰米的香，从泛黄的古籍一直飘荡到今天。那么，曾经作为粮食作物的菰，又怎么会变身成日常蔬菜呢？说起来，菰的故事，是植物学上的传奇。岁月长河里，菰受到黑粉菌的寄生，植株不能抽穗开花，基部茎秆膨大，形成圆粗白嫩的肉质茎，人们采而食之，鲜嫩美味，从此作为佐餐的菜肴，以另一种身份进入餐桌，名字变成茭郁，也称茭白。

作为清白、清素、清雅的水中珍品，茭白自然而然地吸引了文人墨客的目光。南宋文学家刘子翚[hu ī]写过园蔬十咏，其中一首便是《茭白》，我甚爱这句“秋风吹折碧，削玉如芳根”。这哪里是吃茭白，分明是在咀嚼一节节诗意。

从古至今，茭白以其不变的清爽鲜润，令人爱不释口，是炎炎长夏最持久的清凉滋味。四川人的家常吃法是切成薄片，素炒，出锅撒些葱花即可。青白相间，素颜碧玉，入口唇齿清香，朦胧中看出“青草碧水中，鱼戏莲叶间”的画卷来。

对于无肉不欢的人来说，茭白入菜，常见是炒肉片，这样也更能带出它的鲜爽。先将新鲜茭白、肥瘦猪肉切片待用。油锅烧热，先爆香蒜姜，再下肉片翻炒，最后倒入茭白，稍微沿锅边添一点水，熟透即可。

清代大名鼎鼎的美食家袁枚也极爱茭白，他在《随园食单》里讲到其做法：“茭白炒肉、炒鸡俱可。切整段，酱醋炙之尤佳。煨肉亦佳，须切片，以寸为度。初出瘦细者无味。”袁先生对茭白入菜确实有研究，须得选择白胖的成熟期茭白，刀下以寸为度，如此更有味，更入味。

茭白的格调，与欧洲引进的芦笋很般配。清炒茭白芦笋，雪白和微绿，青山隐隐，碧水迢遥，让人想起雨后的山林，连风都是淡绿的。它的鲜嫩自不必多说，我看这道菜的意义，也算是东西方文化的融合交流吧。

午餐桌上，一双双筷子频频伸向炒茭白。某人忽然停箸问我：“它为什么叫茭白呢？”我想了想说：“茭者交也，是不是谐音，是否它的根系交错缠结？”回头翻开李时珍的《本草纲目》，果然如此，《草八·菰》记载：“江南人呼菰为茭，以其根交结也。”

茭白在岁月河流里经过反复淘洗，依然鲜嫩如初，依然具有文化的意义。看过一则故事，说清朝著名贪官和珅为了笼络刘墉，带上厚礼去刘府。中午时分，刘墉让家厨做了三道菜：小葱拌豆腐、青菜烩萝卜、毛豆炒茭白。吃惯山珍海味的和珅面对这三道素食，不肯动箸。刘墉便说，这是他最喜欢的菜：“小葱拌豆腐”一青二白，“萝卜烩青菜”白白青青，“毛豆炒茭白”青青白白。清淡者，人间至美也。和珅知其用意，讨个没趣，借口有事，告辞回府。刘墉吩咐家仆，将其礼物悉数送回。

看来，吃茭白可以清其心、寡其欲。

就像菰米指向乡愁，作为菜蔬的茭白同样寄寓着游子的思念。鲁迅先生写过一首诗：“烟水寻常事，荒村一钓徒。深宵沉醉起，无处觅菰蒲。”他在忧国忧民之余，也思念乡村生活和茭白。

前段时间，朋友来乡下玩，临走买下很多茭白，回城分赠亲友。她自己做菜，拍下照片给我看：茭白切片，用胡萝卜、青椒混炒，色彩绚烂，装在一个日式黑色餐盘里，旁边点缀一朵黄色雏菊。餐桌上一个玻璃花器，清水养着绿萝。居室里流淌着洁净的气息。

我点赞说：“你是《诗经》时代的女子，有温柔的爱意，即便是平淡的事物，也能创造出不一样的美好。”她笑道：“热爱点什么，才能与世界相爱，这也算是乐观生活的朴素证据吧。”

山中有阳荷

古镇的赶场日为农历三、六、九。大清早，市场上已经人声鼎沸，买卖热闹。空气里充斥着复杂的气味。进山避暑的游客也来赶场，混杂在当地人中，有裙衫鲜艳的大妈，戴墨镜的中年男子，牵着孩子、打扮时髦的年轻妈妈，挎着单反四处拍照的摄影爱好者。

菜市上，摊点一家挨一家，干笋、鲜笋、山黄瓜、山二季豆都很多，还能遇到山菌等好物。最惹眼的是一种紫红色的笋状芽苞，层层鳞片包被，很像小型洋葱，但比洋葱更光滑，闪闪发亮，光泽水润。当地人呼之为阳荷姜、阳荷笋，或者简称“阳荷儿”，川西特有的儿化韵，喊起来就像呼唤自家娃儿。

阳荷儿非笋。卖菜的大叔说，这是野姜的花芽，每年六七月份，野姜的地下茎会像竹笋一样冒出一堆紫色笋尖，吃起来脆嫩，有香味，还有一点辣味。野姜是宽泛的称呼，姜科植物那么多，它到底是哪一种呢？

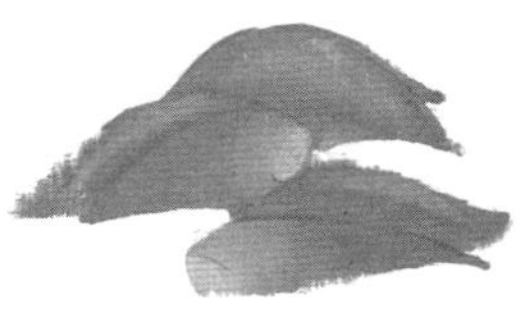

读到司马相如的《上林赋》：“布结缕，攒戾莎，揭车衡兰，槀本射干，茈姜蘘[r á ng]荷，葴持

若荪……”我禁不住浮想联翩，赋中的蘘荷，会不会就是山村里的阳荷姜呢？“蘘”和“阳”发音相近，古人还说过，蘘荷“茎叶似姜，其根香而艳”，这与野姜真是很像啊。

果然，检索翻阅各种资料之后，可以断定，蘘荷就是阳荷。其实，这种植物的别名还多着呢，如山姜、野老姜、洋火姜、观音花……因地域的不同，喊法也各异，五花八门。我记得以前大家都叫它洋火姜，或许是方言所致，也或许是因为它的外形长得像一根火柴。那时，我们把火柴叫洋火，它大抵因此而得名。

阳荷当季，乡村人家的餐桌上三天两头有这道菜。就地取材，新鲜味美，颇受欢迎。这个菜我多年前吃过一次，当时觉得有一股怪味儿，且纤维很多，吃得满嘴是渣，因此印象不佳。没想到，后来吃的次数渐多，越嚼越香，倒觉得风味独特。再后来知道，挑选的时候有讲究，需要选择极嫩的芽苞。

阳荷有它自己的味儿，很难形容，略带些辛辣，类似生姜、薄荷、山菌、苔藓混合在一起的香味。有人不喜欢阳荷的气味。但是，竹笋有竹笋的味儿，黄瓜有黄瓜的味儿，倘若阳荷没有自己的味儿，它跟生姜又有什么区别呢？天下万物，因此丰富，因此美好。

阳荷做法多样，常见是斜切成薄片，与青椒丝、黑木耳一起爆炒，端出来色泽诱人，清香爽口。泡阳荷，是很多面馆提供的免费小菜。一只大肚的泡菜坛子，一副长竹筷搁在旁边，一摞瓷碟，来吃面的食客只管自己取筷去捞，淋点红油海椒，香浓脆嫩。我喜欢用它佐粥，觉得有山野风味。特别是肠胃不适的时候，一碗熬得浓稠的白粥，佐以一小碟酸辣爽口的泡阳荷儿，用板桥家书里的话说，“最是暖老温贫之具”。

阳荷的日本名字叫茗荷，东京有地名叫茗荷谷，因为在江户时代广泛种植茗荷而得名。阳荷源自我国，没想到竟在岛国花开烂漫，并且成为日料中的日常蔬菜，可以做天妇罗、寿司、拌饭等。因为颜色鲜艳悦目，有特殊香气和层次丰富的味道，阳荷成为季节感明显的香辛菜君王。

这也让人感慨，中国地大物博，像阳荷这样的山野菜蔬，多不胜数，人吃不完，随手喂给猪儿吃。阳荷，长久以来是被漠视的野菜。四川人说，阳荷是懒人菜，“滥见”得很。没人过分爱惜它，也没人特意栽培它。它在哪儿都能生长，处处无家，处处是家。河边、山沟、土坝，不争肥，不长虫，碧叶婆娑，葳蕤成丛。

山村人眼中，阳荷是一种应季的野蔬。它野生野长，得点阳光就灿烂，给点雨露就欣荣。逢场天一早，乡民在房前屋后掰些阳荷笋，跟其他山货一起背上街，让它“陪摊子”。有兴趣的人瞧上了，花两三块钱买几棵，不贵；乡民得点盐巴钱，也值。买卖双方，皆大欢喜。买阳荷笋的多是城里人，最近几年进山租房避暑的人越来越多，多选择自己买菜做饭，也带火了山货市场。

相较之下，阳荷与被精心培育的园蔬际遇迥异。比如生姜，人们或种植在菜园里，或种植在大棚里，浇水除草，培土追肥，防虫治害，淘神费力，汗滴姜下土。而同为姜属的阳荷，可做菜，可入药，却从未享受过生姜的待遇。时至今日，阳荷笋也不过是尝鲜的时令野蔬，点缀餐桌，有它不多，无它不少。

我为阳荷鸣不平。它全身是宝，是名副其实的“亚洲人参”。从中医角度看，它的枝叶、根茎与花果，可以祛风止痛、清肿消毒、止咳平喘、化积健胃。从食材上来说，它味道鲜美，营养丰富。

乡野里，实在是有很多好东西。比如折耳根、刺龙芽、八月瓜、泡儿、刺梨、蕨薹……全身是宝的东西，越是滥见，越不被人重视与珍惜。不单阳荷，许多乡野蔬果的命运也是如此。世间很多事物，也大抵如此。

阳荷未及时采摘，会很快抽芽长高，发育成花蕾。上周末，我从山里带回一堆阳荷笋，搁在厨房里来不及吃，眼看抽出花苞。我觉得好看，索性请它入室，找出养过水仙的青花瓷碗，置于其中，注入清水，放在书房的窗边。两天后，阳荷开出象牙白的花朵，柔润的蝶形花瓣，仿佛随时准备展翅飞去。

几朵阳荷花，芬芳一整个房间。它清凉幽雅，数日不凋，使我有了一长段富饶丰满的时光。我一次次从电脑前抬头，温柔地注视它，看它在风中轻轻款摆，不知人间忧欢。于是，我也会觉得自己是安静的，也感到愉悦。

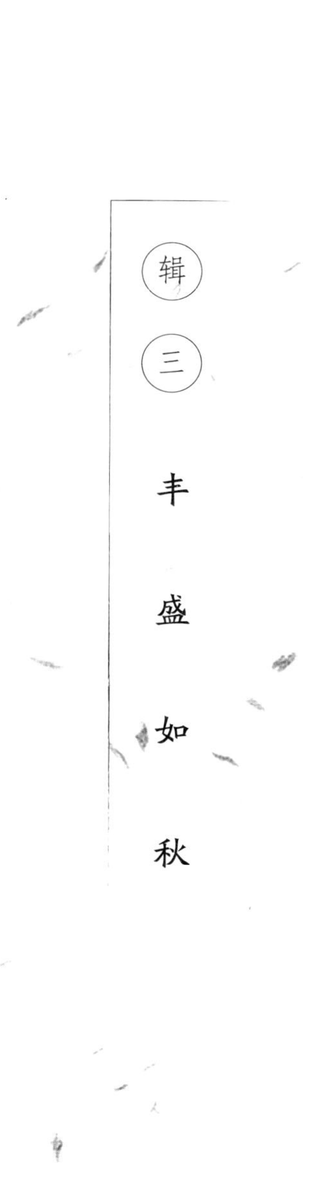

辑三 丰盛如秋

山妖来了

山妖来了，最先知道的是鼻子。山妖的香气凌空而来，像一把刀子割破了空气，于是，食客中的万千众生便有人被媚倒，被俘虏，乖乖地缴械投降。

它叫木姜子，也叫山鸡椒、山苍子，是大名鼎鼎的“味之山妖”，在中医上叫作荜澄茄，具有发汗解表、温中止呕的作用。

我该怎样叙说它在我饮食中的故事呢?

先说结缘。2018年我去凉山州参加扶贫工作，在雷波度过了三年时光。当地彝汉杂居，饮食属川菜体系，崇尚麻辣鲜香。但是当地好多菜里都有一股陌生的奇特味道，难以形容，说香也不是很香，初闻还有点老木头的气味，但很有穿透力，深入绵长。吃过它的人评分两极化，有人嗜之若狂，有人品尝后将它划至黑暗料理范畴。

我问这究竟是什么味儿，他们说是木姜子，长在树上的一种香料，夏末秋初结出成串果实，香气浓烈。彝族人制作坨坨肉时，喜欢加入木姜子调味，去腥提鲜解腻。当地汉族人也常使用它，加上辣椒、生姜等，与牛羊肉混合爆炒，或者在煮鱼时放

入，烹出滋味独特的美食。

次年春天，群山环抱的马湖山乡苏醒过来，空气清透，能见度高，远山近水皆看得分明。有一天，我发现对面山上开满浅黄的花，丛丛簇簇，远远望去，就像雾一样缭绕在山间。问当地乡亲，答说，那就是木姜子。我起心要去看看，独自攀爬上山，近距离仔细观察。满树还没长叶，只有密密叠叠的聚伞花序缀满枝条，一嘟噜一嘟噜，每个花序都有五朵米粒状小花，娇亮淡黄，香气类似柠檬花，有一种自由蓬勃的野性力量。我折回一枝，插在瓶里，满室生香。

很快进入夏天。走村入户，看到许多人家的院墙下就是木姜子树，闻起来，全身枝叶都散发着浓烈香味，据说有驱虫避蚊的功效。从村子里穿过，绿叶绿果，香气缭绕，算是木姜子给人的另一份恩惠。当然，最大的恩惠还是满枝的木姜子果实。

木姜子成熟，一般是在立秋左右。山里人开始忙碌起来，要在木姜子的色泽由鲜绿变成紫红、香气初吐的新熟时分，赶紧收剪下树。稍微怠慢，色泽变得暗黑，香气也快要吐散，这样的木姜子就没有价值了。

木姜子新鲜下树，被洗净晾干，一大堆放进大簸箕里。趁着火旺锅热，倒入生菜籽油，油烧沸了，再把木姜子倾倒入翻滚的油锅中，只听到刺刺的响声，木姜子骨子里的异香，像喷泉一般涌出，然后弥漫在空气中。如果你是一个喜爱木姜子的人，你的魂一定会被这山妖勾去，忘记万物和时间，只是傻乎乎地站在那里。你的身体，你的心，你的全部感觉，会完全沉浸在木姜子精灵般的原初之香中。

这样炸出的木姜子油，山里人用瓶子或者罐子装起来，密封好，要吃上一年。煮面条、拌凉菜、调蘸水，一定有它。它太香了，只需一滴，或者每次打开盖子，筷子伸进去点一下，立即退出，再把盖子拧好封存。附在筷子上的这点油已经足够，再多一点，你恐怕吃不消，受不住。

山里人都拿木姜子油作为做菜的引子。比如炖牛羊肉时，需要调蘸水，但凡在豆瓣、腐乳、小米辣里滴一滴木姜子油，不用放味精鸡精，就可以香透了天，辣、麻、酸、香、咸、鲜全有，却又与我们常吃的滋味天上地下。这是浓烈、深厚、直接的山野之味，这是山里独有的绝世美味，我相信，只要吃过，终生难忘。有人说，这是带着柠檬味的香，香得深情悠长，好比一曲《小河淌水》：“月亮出来亮汪汪亮汪汪，想起我的阿哥在深山……”有人说，香得冲人，粗鲁蛮横，不讲道理，让人猝不及防。又有人说，香得妖娆、魅惑，简直让人欲仙欲死，果然不负山妖之名。凡此种种也可看出，感观体验真的是因人而异。我私以为，若能抱持欣赏和包容，当五感觉醒，美从中来，整个世界妙不可言。

喜欢木姜子的不仅是凉山人。饮食里同样存在“孕妇效应”，一旦认识木姜子，发现好多地方皆有其踪影。坐拥长江、沱江的泸州，荤豆花是一绝，蘸料也别具风情，木姜子油和薄荷的加入，带来层次丰富的味觉体验，一口下去，异香便在口中弥漫开来。今年夏天去贵州游玩，吃过几次酸汤鱼，汤浓汁稠，鱼肉翻滚其中，香味入鼻。搛一片鱼肉入口，细腻，味鲜，酸爽香嫩。贵州人说，木姜子是做酸汤鱼的关键，少此一品，难得其味。

有一句话被说了多次，听起来也蛮像真理：唯爱情和美食不可辜负。但是在这个世界上，爱情不知道被多少人多少次无情地辜负了。也许，保住对美食的热爱，已是我们最后的安宁和笃定，就像神奇的木姜子，它可以为我们提供更可靠、更长久的幸福，它是稳妥的，不像情感有时不过是迷幻术，时间稍久，无处遁形，只露出赤裸裸的需索、依赖甚至绑架。

木姜子有自由的灵魂，长袖舒展，蹁跹如飞。

山妖，可否与我是知己？

弯弯的眉，

糯糯的豆

它叫眉豆。

眉豆跟黄豆、蚕豆是亲戚，它的辨识度很高，豆荚弯弯的，有一条眉毛一样的筋络，因此得名。

女作家王宁写过一本书，叫《眉豆爬墙》，单看这几个字，就有乡野之气扑面而来，仿佛站在深秋的阳光里，嗅到篱墙上眉豆藤叶和豆荚的香味。这也正契合我对眉豆的认知。

四川人不叫它眉豆，叫茶豆。其原因，我不清楚，或许因为初长出的眉豆荚是新绿的，有春茶的色泽。眉豆最耐看的是它的紫花，比豌豆花还精致，小蝴蝶一样，蜜蜂绕着它飞，在春夏里就更有了蝴蝶花的样子。它们会从那一堆堆繁绿浓密叶子托着的花上飞走吗？还是要等待节令行进，眉豆藤架上结出一串串豆荚，豆荚又一天天由绿变紫，长成弯弯的乖巧弧形，才会转场？

眉豆不妖也不媚，其实就是扁豆之一种。这种古老的蔬菜，因为产量不高，如今已经逐渐被胡豆、刀豆、豇豆、四季豆等取代。过去，家家户户都会在墙根、杂树下播种眉豆，甚至把眉豆藤牵到坟包上去。乡下的生活自然而然，人跟植物打成一片，你中有我，我中有你，彼此交融，比如人死了，就把自己搁在坟包下，然后让眉豆藤覆上去，给它生长的空间，顺便也给自己撑个阴凉。

眉豆种子在市场上买不到，都是自家留的，或是向邻居讨的。随便找个地方，挖个坑，把种子埋进去就算种下。不是眉豆命贱，是它生命力强。它天生不能直立生长，因而只能低调做豆。长此以往，眉豆练就了极强的攀爬能力，遇到直立的杂树或篱墙，它就伸出茎须借势而上，或者借着坟包，向四周匍匐前进。有阳光的加持，爬上架的眉豆长得更旺。正因为泼实，人们经常忽略对它的管理。久不下雨时，人们会从附近水沟里舀点水，泼在根部，或者兑点畜粪，给它一点营养。略沾点肥气，眉豆就冲冲地往上长，枝繁叶茂。

春夏的喧闹和它是无缘的，人们几乎忘记它的存在，反正菜地有各种新鲜蔬菜等着，茄子、西红柿、黄瓜，吃了这样有那样。再说，眉豆荚像天上的星宿一样不大轻易出来示人，总把自己藏在密密匝匝的叶子下。没人去留意眉豆，它静静地陪伴着自己，默不作声地长，憨憨地长。

入了秋，万物的影子越拉越长，季节也在慢慢地往前走。瓜果菜蔬竞相蓬勃的势头过去，剩几个秋茄子、秋丝瓜，口感已经变差，萝卜、白菜还是秧苗子，做饭的家庭主妇犯愁了。

这时，一直不事张扬的眉豆，以补缺的角色进入视野，眉豆荚挂满藤蔓，可以摘下做菜了。母亲提着一篮豆荚回家，高兴地说“还是茶豆子好，管理起来不淘神，又肯结，摘一次够吃几天”。

眉豆荚扁扁宽宽，呈弧形，择菜时只需掐头去尾，撕掉筋就行，基本上没有浪费的。眉豆荚可以焯水后凉拌吃，也可以素炒，或是跟肉同烧。王干的《人间食单》写到扁豆烧芋头，说扁豆的绝配是芋头，加上五花肉，就是天上人间的味道了。眉豆烧芋头，也是吾乡的一道家常菜。这里注意，我说的是芋儿子，就是芋老母生出的一个个小芋。芋老母也可吃，但粗糙些，相比之下，芋儿子更“面”，绵软中有点滑，又有点粉。烧眉豆，以与芋儿子同烧为好。

烧眉豆时，先要入油锅爆炒，因为眉豆荚覆盖着一层细茸毛。乡村有言，“茶豆炒出虼蚤斑”，油热火大，使眉豆两面炒出焦斑，乍一看，焦斑就如同弄到白被上的虼蚤血。这个比喻有点不高雅，但很形象。过去农村虱子多，被子上出现被掐死的跳蚤或虱子血斑是常有的。

眉豆有特别的香，很难准确描述，只有吃过的人，才能心领神会。也许这就是文字的局限，或者说植物的神奇。采摘的时间也会影响味道。豆荚若是摘得嫩，吃起来脆爽清香，但人们通常摘得稍迟一些，等待豆子饱满膨大，吃到嘴里才会又沙又面，有糯糯的香。

川西的秋天比较长，下霜也晚，眉豆就一直拖拖拉拉，不停地结，天冷虫子少，也不需要额外施肥喷药，眉豆自然就成为天然的绿色食品。吃不完的眉豆荚，放热水里焯一下，晒干，储存起来冬天享用。跟猪排一起，砂锅炖，肉骨的香与干豆荚的香相互沉溺，一顿饭结束，食客额头冒出微汗。

北风呼呼吹刮，地里的萝卜白菜已经有了收成，眉豆终于结束使命。叶子枯黄落光，藤条还依然倔强地挂在那里。风吹过，干透的豆荚哗啦啦响，没有食物的鸟便飞来啄食。这时，母亲就去扯掉藤蔓，揪下豆荚，把干熟的眉豆剥出来。

眉豆装在碗里，椭圆饱满，肚脐处有一只眼睛，黑白相间，好玩有趣。母亲抓一把装进塑料袋里，留来年作种。剩下的，她炒熟了给我们吃，一咬嘎巴脆，很香。

眉豆的浓香，是黄豆蚕豆无法比拟的。

扫码听书

地黄泡儿、对嘴泡儿、米麻子、黑乌泡儿，在西岭山中长大，吃过那么多『泡儿』的人，有多么富足的童年啊。

悬钩子

汁液充盈，酸甜饱满

悬钩子、覆盆子和『泡儿』

“遍地黄金啊！”北京来的摄影家双眼发亮。他不时蹲下，甚至跪在泥土里，从不同角度进行拍摄。野山药、何首乌、薏仁、葛藤、野葡萄、木贼草……多不胜数的植物，或花叶招展，或果实闪烁，在路旁、溪边、林地，蓬勃摇曳。

我陪他在山径上走走停停。秋天的川西山区，树林茂盛，满山羊齿植物，叶子苍翠欲滴，深浅不一的绿色湿润透亮。群山起伏，白雾缠绕，空气中充满草木馨香，让人忍不住深呼吸。树林深处，传来清脆的鸟啼。

在一丛藤枝蔓生、挂满黄果的灌木面前，他饶有兴趣地拍摄很久。“这是寒莓，蔷薇科悬钩子属，它的果实是聚合果，由很多小浆果形成，味道酸甜，你可以尝尝。”

我说：“知道的，我们叫它泡儿。”我摘下几粒黄澄澄的寒莓，摊开在手心，水灵剔透。拈起一颗入嘴，汁液充盈，酸甜饱满，有一股山野清气。那么小的果实，也是一泓能将人淹没的清泉。

悬钩子属是一个庞大的家族，种类繁多，包括树莓、寒莓、黄刺莓等，《中国植物志》记载有194种，全世界有700种以上。它们开花结果的时间，从春到秋各不相同，但有一个共同点，那就是植株有倒钩刺，叶子掌形有锯齿，果实多浆，味道甜酸。

举凡这类野生的多汁浆果，四川人一概称它们为“泡儿”。念的时候带着儿化音，外地人听得一头雾水不明所以；本地人一听，就想起山里黄的红的黑的各种野果子。“泡儿”，上下嘴唇轻轻一碰，再一卷舌，精准到位，又极为鲜活地传达出野生浆果的滋味，那是丰润、柔软、酸甜、水灵的山野之味。

乡人刘源老师写过《西岭山中，那些让人垂涎欲滴的美味》，文中各种各样的“泡儿”，让人大开眼界，很多是我闻所未闻的。我说，刘老师好文字，看得人口舌生津。他笑了，说还是不如实物。地黄泡儿、对嘴泡儿、米麻子、黑乌泡儿，在西岭山中长大，吃过那么多“泡儿”的人，有多么富足的童年啊。

我吃过他写的其中一种“泡儿”，野生地瓜子，滋味绝美。小时候在小姨家玩，她常带我去扒拉这种野生水果。远远地，便闻到一种甜蜜，如同苹果混合着水蜜桃的味道，拨开密密匝匝的地瓜藤叶，下面露出一堆一堆粉红色的地瓜子，如同袖珍婴儿挤成一堆。摘下成熟的地瓜子，瓜柄上会冒出一滴白色的汁液，黏黏的，如婴儿离开母体的白血。一入嘴，甜香水灵立刻在口腔里弥漫开来，一直顺着食道，传遍五脏六腑。

我在凉山州吃过牛奶奶泡儿。一次，房东大姐从山上回来，用芭蕉叶子包回一大堆，她高兴地招呼我：“快来尝尝，甜得很！”那是一堆拇指般大小的果实，状如红色肉质灯笼，圆润饱满，上面密布白点，确实形似乳头。剥开一尝，味道甜蜜，居然带点奶腥味。

四川盆地里，一年四季都有“泡儿”。最早成熟的是“栽秧泡儿”，顾名思义，在栽秧季节成熟的。它们生长在山边地角，阴柔的藤蔓，兀然生出许多狡黠的锐刺，所以也叫刺泡儿。栽秧时节，刺泡儿骄傲地成熟，仿若撒落的黄色星星，滋味虽比不上野草莓甜美，酸味重，却也鲜美逗人。毕竟，它是一年中最早出来的免费水果。

当锅里飘出煮玉米棒子的香甜，“玉麦泡儿”也悄然熟透。它们色泽鲜红，个大如樱桃，吃起来比樱桃更甜，毫无酸涩，属于“泡儿”中的上品，人见人爱。运气好的话，赶集时会遇到售卖的，花几块钱买来尝鲜，不必去经历爬山采摘的艰辛。

乡亲说，山里还有一种刺泡儿，叫“大乌泡儿”，个头硕大，红艳艳的，熟透之后是紫褐色，饱满似桑葚，软甜丰美。“大乌泡儿”的最佳采摘时间是雨过天晴。雨水洗掉浮尘，也冲走藤枝上爬来爬去的蚂蚁，一颗颗“大乌泡儿”干净发亮，可以敞开肚皮放心吃。摘一把窝窝头形状的“泡儿”放到嘴里，咀嚼时，还会发出细微的咔嚓声，水分充盈，纯甜如蜜。

心里有什么，你就会看见什么。当我写这篇文字的时候，一天，散步时经过小区的配电房，居然发现了心心念念的“泡儿”。那里很不起眼地长着一大丛水麻，满树披针形绿叶，跟其他杂树同生共长，未曾引起我的注意。如今它被我看见，因为满树点点璀璨，草地上也掉落一层密密麻麻的浆果，橙黄色，颗粒极小，小似蚂蚁。偶有落在水泥地面的，被人踩踏，汁液横溅。见我举着手机在拍照，路人停步轻呼：“哟，水麻泡儿结得多哦！”

记得在凉山州时，常见“水麻泡儿”，结得更多更大，可能是光照更好的缘故吧。有一次下村，当地同事扯扯我的袖子说：“快看，那儿有好多野泡儿！”我抬头，面前浓密树叶间，缀满金黄的“水麻泡儿”。摘一颗在掌心里，左看是精致，右看是晶莹，拈送入嘴一尝，哎哟，好酸！“不是你那种吃法。”同事说着，拉下沉甸甸的枝条，捋了一大把，直接塞进嘴里，大啖起来，“这才过瘾哩！酸爽！”

他说，当地人叫它“黄水浪泡儿”。小时候，有一次攀着枝条，刚伸出手去，忽然从“水麻泡儿”树上掉下两条菜花蛇，吓得小伙伴魂飞魄散，逃之夭夭。

说到“泡儿”，总想起日本电影《小森林》。市子告别城市，回到她最初出发的地方——小森林，劳作，自足，找回内心的安宁。山里的胡颓子成熟烂地，但是酸涩不堪，市子便采摘下来做成果酱：放入足量的糖，大火煮沸，去除浮沫，小火煮干，终成美味。看来，采取合适的处理手法，就能最大程度发挥食材的优点。

做果酱是很童话风的事情。看到鲜嫩的“水麻泡儿”掉落地上，无人问津，我总有一种做果酱的冲动。试想，雨天，在厨房里慢条斯理地熬煮一锅果酱，享受勺子在锅里慢慢搅动发出的芳香，不知不觉间，果酱就煮成了。生活的情趣，总在最细微之处。与自然在一起，心神安定，健康地活着，这多么珍贵。

摄影家告诉我，悬钩子属的刺泡儿就是树莓，它有个正式的名字，叫覆盆子。这是有故事的野果。传说东晋医药学家葛洪曾患夜尿症，睡眠不足，精神不振，后来无意中食用这种甜美的野果，病情日渐好转。这个故事在民间流传，大家都说，漤尿狗儿（四川方言，意思是爱尿床的孩子）多吃些这种野果，夜尿症不治而愈，晚上可以把尿盆翻覆过来放置。覆盆子由此得名。

我还是喜欢悬钩子的土名——“泡儿”，接地气。植物的民间名字往往更传神。就像繁缕，学名文绉绉的，乡亲们管它叫“鸡儿肠”，因为藤蔓牵得像细细的鸡肠。还有春天里满地生长的锯锯藤、猪鼻拱，极为形象的乡野名字，一下子就抓住了特点。

回到老家，叔伯婶姨亲热地唤我“珍疙瘩”，一声呼唤，我仿佛回到光着脚丫四处飞跑的童年。谁能说，我们不是大自然生养的一枚“泡儿”呢?

刺梨的故事

“一个罐罐，装些饭饭；不吃饭饭，要吃罐罐。”

猜出谜底了吗？说的就是刺梨，吃刺梨就是专吃它的果皮。宜宾朋友说，他们那里称呼刺梨为“糖罐儿”，用白酒浸泡，泡出的果酒金黄香郁、酸甜味美，叫“糖罐儿酒”。

每年九十月份进山，我最期待的事情就是与刺梨偶遇。它不像罕见的珍稀植物，一定得在荒无人烟的深山才能找寻到，但要遇到刺梨的一颗颗金黄或褐红，也需要几分运气。徒步需要考虑安全，多半都是组队结伴，并非寻味之旅，不会因为寻找刺梨而专门设计路线，因此能在途中碰到几棵正在结果的刺梨是很令人惊喜的。

刺梨成熟时，有时在山区乡镇的逢场天也能遇到。集市人声喧哗，各色山货摆成长龙：山柿子、八月瓜、核桃、板栗、野生猕猴桃……背篼里的刺梨大大小小，疙疙瘩瘩，浑身带刺。城里人大多不认识。

这带刺的野果怎么吃？滋味如何？拿小刀来，刮掉芒刺，削掉果冠，切开果实，掏尽籽粒，再放进口里，一嚼，果肉脆爽、酸甜，芳香浓郁，回味有淡淡的涩，烟雾一样。第一次吃刺梨的人往往会惊叫：咋这么香，香得醉人！刺梨之香，类似蜜香、梨香，但是更深邃饱满，我找不到什么词可以形容。

夏日山村，常见路边刺梨花开，颜色或粉红或淡紫，也偶有雪白，单瓣的柔软花朵，闪耀在绿叶丛中。花瓣中间是一圈金黄色花药，浓密簇生。花下是刺球般的花托，状如罐口。刺梨花是写在山野的诗，没有刺梨花，山野是荒芜的。它们开得热热闹闹，在路边、沟坎、坡地，开成一片漫漶的河流。

凑近闻，刺梨花香气极淡，淡到几乎没有，它把香味留给了果实。花谢后，花托逐步膨胀，发育成带刺青果，也就是“糖罐儿”。青果在阳光爱抚下一天天变黄，到最后，黄里带红，斑斓耀眼。刺梨大片熟透的时候，满枝黄澄澄，累累层叠，压弯树枝，一直弯到泥土里。

刺梨是梨，也非梨。

刺梨和梨都是蔷薇科植物，但大相径庭。刺梨属于蔷薇科蔷薇属的灌木，梨是蔷薇科梨属的乔木。刺梨花叫缫丝花，我猜测，也许是花开时节适逢采茧缫丝吧。

刺梨也叫刺菠萝、送春归、刺酸梨子，各地叫法不一。《四川中药志》记载它又名“文先果”，文绉绉的名字。还有叫它“九头鸟”的，这野果与飞翔在《山海经》中的异鸟到底有何关系，我无从查证。

吃野生刺梨，要讲运气。一般切开都有很多籽粒，有时会遇到独籽甚至无籽的，这样的刺梨肉更厚，味更醇。另外，吃刺梨也不能以貌取之，有的颜色像牛屎，形貌丑陋，但品质更好，清香脆甜。有些表皮光滑，形貌悦目，但是一口咬下，酸掉大牙。

乡民说，刺梨是宝，家里孩子闹腹疼，熬点刺梨水喝喝就好了，能健脾养胃、消食化积。它还是大名鼎鼎的“维C之王”，据说维生素C含量是猕猴桃的40倍。

生吃刺梨有一股涩味，是因为它含有丰富的单宁，跟葡萄皮一样，所以多数红酒，尤其是干红，总是有淡淡涩味。

集市上，卖刺梨的大妈伸手让我瞧，手心手背尽是伤痕：“戴手套也会刺穿，刺梨不好摘。”刺梨植株并不高大，但很蓬松，要摘到中间的刺梨确实是费劲的。你摘它，它的密刺会扎你。浑身长刺的它，凛然不可侵犯，拒人于千里之外。为了吃刺梨，人们搬凳子，做夹子，拿钩子，充分发挥聪明才智。

摘刺梨，需要把握时机。去早了，刺梨还没熟透，青涩味重；晚了，果子在树上风干，汁少味薄。刚刚好时，恰如其分，好比一场完美的恋情。

刺梨除了鲜食，还可糖渍、蜜制后再吃，甜味更厚重，香味更悠长。新鲜刺梨，遇到好天气，连晒几日就干透。刺梨干泡水，汤色金黄，果香芬馥，像白葡萄酒。但略有涩口，加入蜂蜜调饮，滋味更好。我倒是钟情于它的本味。临近中秋，吃月饼时就一杯刺梨水，酸甜相宜，淡淡香气里，人仿佛回到山野，顿觉心神宁静。

这几天，我在忙着做刺梨果酒。果子并不脏，无非一些灰尘，但是也得一一检查，切开看是否有坏果，毕竟是天然野果，有的还有虫咬之洞，把它们处理干净，洗了晾干，直接放入白酒里，加点冰糖，密闭浸泡，半月后就可以喝了，清香、凉爽、绵甜。

等到冬雪封门、寒风凛冽，我们在屋里燃旺炉火，围炉而坐，吟诵“晚来天欲雪，能饮一杯无”的诗句，那时，刺梨做的“糖罐儿酒”泡得更加醇厚，正是品饮的好时候。

我有酒，还有故事，你来吗？

扫码听书

拐枣的迷宫

近日读蒋蓝老师写的《成都传》，其中一章专门写到拐枣。一部洋洋大观的成都人文史，蒋老师为何要特别写拐枣呢？我想他是为拐枣感到不平，想为拐枣扬名吧。文章写得趣味横生，读后我记住了，拐枣制造的酒叫"枸（jǔ）酱酒"，是古代蜀人制作的一种果酒，甘美异常。神奇的是，可以酿酒的拐枣，竟然是一味可以醒酒的药。

两三千年前，拐枣不叫拐枣，叫"枸"，《诗经·小雅》中有一句"南山有枸"，说的便是它。唐代的《食疗本草》记载了一个故事，说有人用拐枣树木修屋子，一不小心，一块木板掉进酒瓮里，顿时，酒瓮里的酒失去酒味，喝起来跟水一样。古人发现这一点，就把拐枣列入中医药材，作为解酒之药。

除了解酒的奇效，拐枣的模样也令人称奇，一截截曲里八弯，拐来拐去，就像是不合规格的水管，三通，四通，五通，仿佛有意在制造迷宫。你看，随便拎起一串，纠结、盘桓、往复，就像蒋蓝老师说的，有密集恐惧症的人一见会立刻发作。没有一根拐枣是稍微端正的，像鸡爪，像佛祖胸口的"卍"（wàn），

所以人们又叫它鸡爪梨、万寿果，都很形象。

拐枣是好吃的，香甜可口，四川话说它甜得“腰人”（腻人之意），特别是霜打之后，吃起来有枣的甜脆之感，所以它也不负拐枣之名。

成熟的拐枣是黑乎乎、深褐色的，形状、颜色都无限接近树枝，你倘若不认识它，估计走在树下也不会发觉，居然满树是果实。它怎么不学一学柿子呢，红通通的高挂在枝头，沾满孩子带口水的目光。柿子的颜值多高啊。摄影家们频频把镜头聚焦于柿子，柿柿（事事）如意，红艳艳地照亮人们的生活。拐枣偏不这样，它宁愿低调地存在，不显山不露水。

老家原先有好几棵拐枣。拐枣树瘦长，它长得很高，不容易攀爬。相比之下，桃树、梨树、李树就好爬得多，它们是更友好的，树干矮，枝条披拂，站在树下踮起脚就可以摘到桃梨李，一番大啖。想吃拐枣不容易。

也许这正是拐枣的智慧吧。所有的伪装，都是自我保护，让自己躲避可能的风险。但是，它躲得了初一，躲不过十五。它还是被人惦记，为了吃它，人才不怕麻烦呢。我们搭着梯子去摘，或者用竹竿绑上镰刀去钩。

拐枣两头都是籽，那才是它的果实，我们吃的，是它的果序柄。不过这些是我读书后才晓得的，小时候我们没人关心这些。钩下一大堆拐枣后，摘去籽粒便入嘴。拐枣很甜，但它的甜和甘蔗不一样。甘蔗是一望无际的甜，甜得像一条河，一条大河波浪宽。拐枣，是花蕊里的蜜，需要你低头吮吸，其中的滋味百转千回，绝妙无比。

更高处的拐枣钩不到，就一直挂在枝头，在深秋里风干。风干了，就更甜，一群又一群画眉和灰雀飞临，叽叽喳喳，欢喜啄食，偶尔还能看到长尾巴雉鸡也飞来吃。冬天，有时一夜大风吹刮，拐枣树下会落满一地果实。捡几串一看，大部分被鸟雀啄过，坑坑洼洼。鸟雀们懂得拐枣的甜美。

我很久没有吃到拐枣了，至少有十几年。老家已经没有拐枣树。搬迁之后，原来宅基地上的竹林和果树都被砍光了，种上成片的葡萄，都是些名字洋气的新品种，红地球、夏黑、克瑞森、美人指、阳光玫瑰，这些水果产量高，经济价值也高，自然更受人垂青。再后来，乡里的拐枣树越来越少，村头村尾也找不到一两棵。我多年没见过拐枣，也就把它逐渐忘掉了。

有一天回去看父母，想起刚读过的拐枣一文，问父亲，咱村里还有拐枣树吗？“还有一棵，”父亲说，“张幺伯家那棵拐枣树，几十年树龄了。”张幺伯跟父亲同岁，他俩是一起长大的毛根朋友。父亲说，张家那棵拐枣树能结很多，张幺伯每年都要搭一把梯子，用大剪刀剪些去县城里卖，去年连续卖几次，挣了四五百块钱呢。“以前落满地都没人捡，现在这玩意儿居然成了稀罕物！”父亲感叹。

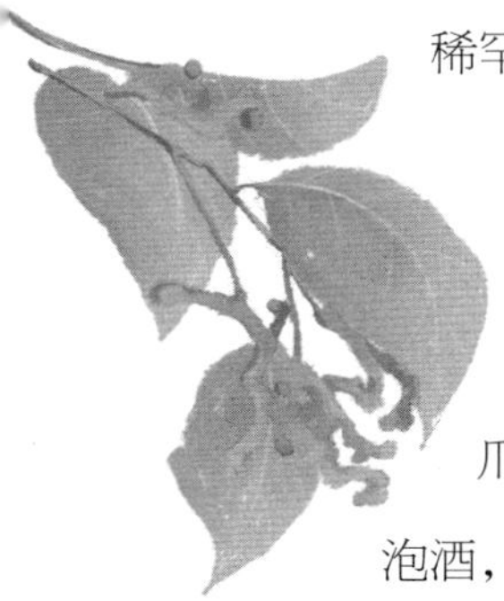

父亲吃过很多年拐枣，但他不知道它叫拐枣，更不晓得它有“枳椇”之名，只知道它叫雷爪爪。这名字诡异，我猜，大概是像某种动物的爪子吧。他说雷爪爪没吃头，太小了，籽又多，麻烦得很。过去常拿来泡酒，可以治疗风湿。后来没有拐枣树，他就用市场上买回的枸杞、红枣泡酒。他喜欢新疆大红枣，泡的酒颜色又红又亮。父亲也差不多忘掉了雷爪爪。

有一年夏天，我在济州岛游玩。岛上三样东西被韩国人吹得神乎其神：泡菜、人参，还有一种药。泡菜顿顿吃，吃到厌烦。人参炖鸡，人参可以，鸡不如我老家的跑山鸡。一种药功效吹得神，价格昂贵，一看说明书，写的是以珍贵的野生水果枳椇为原料提取的。

我一看那图片，不就是拐枣吗？曾经在一本植物书上读到，说拐枣是世界上最古老的植物之一，也可能是中国最古老的果树。

枳椇，在古代一直是果食同源的食物，在更远的远古，它们先于人类存在于地球。它们对我们的了解，远比我们对它们的了解多得多。不过，它们就算知道再多秘密，也绝口不提。拐枣真是一座迷宫。

真可惜了老家那些被砍掉的拐枣树，不然的话，我也可以尝试酿造一些枸酱酒。

蒟蒻的传奇

超市里热销的蒟蒻果冻，很受小朋友欢迎。我一直没闹明白，蒟蒻到底是什么。某天，在浏览植物资料时得知，原来蒟蒻就是魔芋。真是大跌眼镜。好比神交许久的某位先生，文质彬彬，一派优雅，忽然知道原来他就是邻村的王二娃，童年时的玩伴，那个经常拖着老长的清鼻涕，趴在地上打玻璃弹珠，满嘴土话的男娃。

在川西农村，魔芋非常普通，做成的食品就是黑豆腐，滑滑溜溜，两三块钱可买一大坨。它的颜色其实不是黢黑，准确地说，是浅黑里带着灰紫。

魔芋好种易活。房前屋后，找个荫蔽潮湿的地方，随便埋一颗芋头下去，或者头年种植过芋头的地方，一阵春雨过后，地上便蹦出浅绿芽苞，很快抽枝展叶，形成汹涌之势。魔芋植株高大，圆柱状的粗壮茎秆，淡绿中夹杂着白色斑纹，像蛇的身躯，伸展的叶片也像魔鬼爪子。怕蛇的人猛然见到，会吓一跳。夏天，叶柄处会开出黑紫色大花，高高支起的焰形花朵，散发着难以形容的异臭味，我从未看见蜜蜂光顾，它们引诱到的是苍蝇和甲虫类，以此帮助自己传粉。

蒟蒻是一种富有传奇色彩的植物，人们普遍称它为“魔芋”，或“鬼芋”，古代又称它为“妖芋”，一听名字就令人生畏，亲近不得。确实，魔芋全株有毒，尤其是黑乎乎的扁球形地下块茎，不慎误食的话，会让人浑身抽搐、口吐白沫。

要吃魔芋，须得先磨成浆，加碱煮上三小时以上，汤汁逐渐凝固，魔芋变身为魔芋豆腐，呈半透明的黑灰紫色，口感柔韧爽口，可炒可烧，还可以煮火锅吃。

我小时候不爱吃魔芋，嫌它没味道。母亲常做青海椒炒魔芋

丝，端上桌来，我只挑盘子里的青椒丝。父亲哄我说，魔芋是鬼肉，吃了走夜路不怕。我一听鬼肉，筷子离得更远。

魔芋，名字如此惊悚可畏的植物，居然在中华大地上繁衍了几千年之久，让人不禁好奇，它的魅力或者说魔力究竟何在呢？

爱吃魔芋的人，或者喜欢它滑溜溜的口感，或者看重它的养生功能。

魔芋在日料店里常见。我吃过辛辣魔芋烤，这道菜美味的诀窍在于将魔芋表面煎至微皱收缩，使其口感柔韧，再撒上鲣鱼丝，香气扑鼻。

中国也有很多魔芋的加工食品。譬如，峨眉山、乐山这条旅游线路，雪魔芋大受欢迎。原本光滑的魔芋豆腐是如何变身的呢？店家说，简单得很，就是把魔芋豆腐直接塞进冰柜，冷冻成坚硬的冰坨，再拿出解冻，晒干，就变成雪魔芋了。雪魔芋表面会形成坑坑洼洼的孔隙，更有韧性，也更易入味。

店家讲起这道菜的起源：20世纪30年代峨眉山永明华藏寺住持，偶然发现一方剩余的魔芋豆腐，经过几天低温雪冻，发泡成海绵状，看起来洞洞眼眼，做成菜，质地松软，味道鲜美。和尚大喜，美其名曰雪魔芋。普罗大众如法炮制，从此家家户户都吃上了这道美味。

雪魔芋烧鸭子，是一道常见的川菜。鸭块剁得大小适宜，菜籽油里炒香豆瓣、姜块，倒入鸭块，一阵猛火翻炒，一阵猛火烹煮，待鸭肉烧至半熟，把雪魔芋、青笋或萝卜倒入锅中，继续烹烧。直到多余的汁水慢慢收掉，被豆瓣染红的菜籽油一直朝雪魔芋的孔隙里浸渗，雪魔芋彻底入味。这道菜里，配角比主角更出彩，魔芋烧得黄酥酥、亮晶晶的，入嘴柔软鲜美，细回味，有着复调的韵味，其中夹糅着鸭肉香、青笋鲜，绝对可以让不爱魔芋的人改变成见。

魔芋的故乡在中国。唐代段成式《酉阳杂俎》有载："蒟蒻，根大如椀（wǎn，同碗），至秋叶滴露，随滴生苗。"滴露而生苗，这也太神奇了，据此可知，唐时它已是常见植物。相比之下，还是明代李时珍《本草纲目》的记载更为靠谱："出蜀中，施州亦有之，呼为鬼头，闽中人亦种之。宜树阴下掘坑积粪。春时生苗，至五月移之。长一、二尺，与南星苗相似，但多斑点，宿根亦自生苗。"

魔芋属于天南星科，跟马蹄莲是亲戚。但估计这么说，马蹄莲是不会高兴的——魔芋之丑陋粗鄙，哪里能跟马蹄莲的纯净高洁相提并论呢？我不知道魔芋到底经历过什么，才长成这副模样。它是要迎合什么，还是拒绝什么呢？植物的每种形态都有它自己的语言，只是很多都不是对人类说的。即使说了，人类也未必完全能懂。走进植物世界，我常常感叹，未知才是常态。

小时候，听过一个关于魔芋的传说。据说，炎帝的夫人是麻婆娘娘，她曾经踏遍神州大地，寻找可供人类食用的各种粮食。一天，她乘着白鹤在天上飞，忽见一处横七竖八倒下不少人，特别是老弱妇幼，口吐白沫，浑身抽搐。麻婆娘娘见状大惊，忙唤来土地爷询问，原来是西天魔鬼撒下了一些黑色圆果，因这里三年饥荒，人们饥不择食，吃下这些黑果，毒性发作，纷纷倒地。

土地爷说，魔鬼撒下的这些黑坨坨，叫魔芋，又叫鬼芋，必须加一种药，炮制熟透后才能吃，但这秘方在魔鬼手里，他不肯拿出来。

麻婆娘娘垒起七星灶，砍来栗木柴，口念咒语，召唤并焚煮魔鬼。四十九天后，终于把魔鬼烧成灶灰，煮成碱水，用此碱水煮魔芋，魔芋不再涩嘴麻舌，吃起来软嫩美味。麻婆娘娘将此方送给世人，从此魔芋养育了中华大地上一代又一代人。

魔芋真是味道长，故事多。

爆炸之前的八月瓜是安静的，静若处子，一旦炸开，便一改以往的低调，性情变得慷慨激越。仿佛在说，时光易逝，既然相逢，不如来一场热恋。

杀虫疗蛊，治诸毒。

八月瓜

八月炸

它的大名叫三叶木通，山里人叫它八月瓜，又叫它野香蕉，我更喜欢它的另一个名字——八月炸。适合做一首诗的标题。八月，有什么东西在空气里炸开。说好了，一到八月你便炸开，我便前来，我的激动只为你初开的情窦。

头一次吃八月炸，是在小凉山的马湖乡镇上。刚去挂职工作那会儿，见到山里什么新鲜玩意儿都觉得稀奇。一天，我刚走进办公室，就被桌上几枚长椭圆形的野果吸引住了。它们穿着紫红的肥厚外衣，肚腹处裂开一道口子，仿佛大张着嘴巴，正在哈哈大笑。当地同事说，这是好东西。到底是什么好东西？他们卖关子不肯说，让我猜。

我说，不猜，先吃再说。使劲掰开厚实的果壳，咬一口果肉，立马就被震惊了，白嫩的果肉，清凉、软糯又滑嫩，吃下去感觉柔润芬芳。还有那么多籽，像火龙果一样，果肉和籽粘在一起，口感很特别。关键是那么香，比香蕉有过之而无不及；还有甜，不是一味傻甜，而是葱葱郁郁的甜，惊心动魄的甜，像是吃蜂蜜，又比蜂蜜多了果香。

"能吃出冰淇淋的味道吗？"同事问。我点点头，确实如此。从此记住了这种山中野果，它叫八月炸。

后来，听家乡的刘老师说，川西大邑的山林里，也有很多八月炸，他小时候吃过许多，营养极好，能强身健体。刘老师说，八月炸属藤本缠绕植物，主藤分出枝藤，藤绕着枝，枝勾着藤，枝枝蔓蔓，数不清。然而藤蔓繁茂，并不意味着果实结得就多。一般来说，一棵树结三两颗果子，多的也就七八颗，它们像几个胖娃娃，又如浓缩版的熊猫，挂在树上荡秋千，山林里回荡着它们轻轻的笑声。

八月炸未熟时，颜色青绿，它把自己包裹得紧紧的。请你耐心些，不要心急，这时候的果肉还不能吃，勉强剥开，也是淡而无味。随着成熟期一天天临近，果实逐渐泛红，进而变成鲜紫色，某一天，腹部中轴悄悄出现一条白线，那就是它将要炸裂的部位。

就像表演一场行为艺术，农历八月的某一天，"啪——"，随着一声激情的爆响，它真的如期炸开了，露出巨蚕一样的椭圆果实，果肉雪白娇嫩，外膜还包着一层炼乳状的晶体，护卫着黑色籽食。这时，风也来了，八月炸的香气便迅速弥漫四野，瞬间，阳光就照进来了，鸟雀就飞来了。鸟雀们围着这绝妙的天赐宝物，先是叽叽喳喳地叫着，仿佛在唱着赞歌，感谢天地自然，又好像在呼朋引伴。然后，它们就毫不客气地扑向果肉，尾巴一翘一翘，一会儿工夫，八月炸就成了空壳。

八月炸是山里大人小孩的最爱。摘回八月炸，挖出巨蚕，讲究的人会慢慢吃，细细品味，斯文地吐掉籽粒，豪爽的人则囫囵吞下。刘老师说，外婆常警告他，吃慢点，不要吞掉籽，否则肚子里长出瓜苗，但他顾不了那么多，总是一口气吃下，至今肚子里也没有长出过瓜苗。

爆炸之前的八月瓜是安静的，静若处子，一旦炸开，便一改以往的低调，性情变得慷慨激越。仿佛在说，时光易逝，既然相逢，不如来一场热恋。是的，不早不迟，现在是八月炸最好的时候，炸开即食，能吃它的时间，就那么一两天。若炸开的口子时间长了，就不能吃了，果肉氧化变黑，就会干涩。青春就这么短暂。

一切都要刚刚好。在马湖吃过一次八月炸后，后来我在其他地方也遇见过，但再没碰上那么美味的——或者还没炸开，香甜味依稀渺茫；或者炸开久了，果肉已寡淡无奇，只有满嘴籽实。也许这就是缘分吧。有过一次也就够了，就像真正的爱情，人的一生若能有一次深刻的恋情，有过充分的体验，烈火一般燃烧过，甚至彻底燃烧，连灰烬也不留，留下一些回忆回味，便是最大满足。

八月炸，炸开的是美妙。后来在《本草纲目》看到，它又叫预知子，这是它的中药名称。它能预知什么呢？我相当好奇。书里讲："相传取二枚缀衣领上，遇有蛊毒，则闻其有声，当预知之……杀虫疗蛊，治诸毒。"据说古人把许多毒虫聚敛于瓮中，让它们彼此吞噬，互相残杀，经年开之，必有一虫尽食诸虫，这个最后活着的剧毒之虫，就是蛊。蛊毒有着致命的危险。我很想知道八月炸如何防毒，倘若"遇有蛊毒"，它会发出怎样的预警声响呢？是尖锐的嘶叫，还是沉浊的笃笃声？还有，"缀衣领上"的八月炸，是取其青果呢，还是炸裂后的熟果？这长相奇特的野果，为何具有预测蛊毒的特异功能呢？

答案在风中飘，我抓破脑袋想不出来，也没人能回答我。书页里的记载，如雪泥鸿爪。雪化了，鸿飞了，什么线索也抓不住，只剩孤零零的一句话，像孤岛一样矗立。世界太奇妙，相比大自然的丰饶深邃，人类的认知如此有限。我想，莽莽苍苍的植物王国里，一定藏着太多的秘密，而这些秘密的存在，是不是在提醒我们，对自然要永远保持敬畏之心。

酿一壶桂花酒过冬

你说，安仁的桂花已经盛开，丹桂、金桂、银桂都开了，繁花似海。尤其是刘元瑄公馆的一株百年金桂，满院都是浓香。

我说，我在等桂花开。满树都是碎米粒，它们正在逐日鼓胀。

年年如此，山区的桂花慢半拍。同在一个县，差异如此大。安仁海拔五百多米，鹤鸣山一千多米，西岭雪山四五千米，桂花总是从安仁出发，一路逶迤开上山来。

忽然一天，早晨出门，我嗅到了桂花香。一夜之间，小米粒们纷纷打开自己，玉白里洇了一点黄韵。香气甜美温柔，深广宽阔，就像你说的，给人丰饶富足之感。

为什么桂花的香味如此独特？

书上说，桂花中的主要挥发性物质有数十种，它们共同造就了独有的桂花香。

“叶密千层绿，花开万点黄。”朱熹的这句诗写得开阔。有桂花的秋天是富饶的，是迷人的金，桂花的金。

往年白露前后，我们总要去山里采新鲜桂花，拿回来与茶叶层层窨制，然后烘干。试过用红茶、绿茶、乌龙和普洱进行窨制，发现最适配的是红茶——温柔敦厚，香浓色艳。桂花红茶储藏一年，次年冬日品饮，滋味更醇厚，晒着太阳，小口啜饮茶汤，暖心又暖胃。我们给这款茶取了名，叫“木樨红”。

木樨红制作起来要很精心，也费事。今年事多人忙，只得放弃这桩雅事，但是看到满树金黄，颇觉可惜。桂花花期短，四五天光景就凋谢，雨打风吹，零落成泥。何不采而食之？方为不辜负。桂花能入药，号称“百药之长”，性温，可以健胃平肝、润肺化痰。

中国的养生文化，历来讲究药食同源。其实，善于生活的中国人，早就懂得融合桂花的药用与香韵，并发挥到极致——桂花糕、桂花栗子羹、桂花小圆子、桂花糖、桂花酒、桂花茶……千方百计，让桂花香转变成精灵，附着在食物上，重又在舌尖上绽放。

糖桂花是最常见的。秋高气爽时，找一块干净的塑料布，铺在树下，再摇晃树枝，瞬时，满树桂花雨，天香云外飘。将桂花收起来，放到半阴半阳的通风处摊晾，并拣去叶梗花蒂。然后，一层金蕊、一层白糖，密封于玻璃瓶。从此，瓶内就收纳黄金白玉，封存清秋时的朵朵美好。

糖桂花是百搭。喜吃甜食的人，煮汤圆、醪糟蛋汤，或南瓜酒酿，放一撮糖桂花进去，那甜蜜里就裹着桂花的馨香。做成桂花糕、桂花饼，点点碎金，香气袅袅，真是精致讲究的小食。

桂花的各种妙用中，最简单的是酿酒。古人认为，桂花酒有“饮之寿千岁”的功效。汉代时，桂花酒是人们敬神祭祖的佳品，祭祀完毕，晚辈向长辈呈献桂花酒，祝福长辈延年益寿。桂花酒香甜醇厚，确实能开胃醒神、健脾补虚，除了老人，尤适女士饮用，所以有人叫它“葆春酒”。

中秋前夕，朋友送来一桶自家酿造的苞谷酒。酒是好酒，用山泉酿成。那就泡桂花酒吧。茶事讲究用当地水冲泡当地茶，何不尝试用当地酒浸泡当地桂花？

窨制木樨红的桂花需选择半开的，若花蕾未展，芳香物质不够丰富；花蕾一旦全部打开，桂花的芬芳就失散大半。以此推理，选取泡酒的桂花也应如此吧。我天天去看金桂，计算着最佳摘花日期。

那天下午，两个姑娘帮我采花。桂花树被修剪成椭圆形，树也不高，站在高凳上就可以够着。三个人说说笑笑，不到一小时，已经采得一大袋，我连呼够了。拎着黄灿灿的桂花，归去满手香。

做桂花酒的技术含量不高。网上查阅，可以把鲜花倒入酒罐，直接封存；喜甜的，可以加冰糖。我想起橱柜里有一袋红枸杞，取来悉数倒入。有人说，把桂花蒸一下，再晒干，如此泡酒，香味更为醇厚。但如此鲜嫩的花朵，上锅蒸，岂不花容失色，影响酒的颜值？

几天后，玻璃罐子里开始出现淡淡的橙黄。颜色一天天加深，越来越浓。两三个月后，桂花酒已经色如玛瑙，饱满深郁。甫一开盖，浓香扑鼻而来，深吸一口，让人心醉。我迫不及待倒出一点，抿一口，甘甜醇厚，在枸杞和桂花的合力加持下，苞谷酒的辛辣缓和了很多，温润芳香，滋味绵长，美妙至极。

有好酒，自然想起你。每次与你相聚，对饮小酌，就是诗和远方。盆地的冬天寒冷潮湿，桂花酒能驱寒升阳。试想，晚来天欲雪，我们在暮色中烫一壶桂花酒，就两三样小菜，推杯换盏，饮至微醺，逍遥乎哉。想起梁实秋写过一本书，就叫《花看半开酒饮微醺》。

说好了，桂花酒，等你来喝。

扫码听书

亲爱的板栗

秋意渐浓。暮色里走过街头，冷风吹来，令人瑟缩，我裹紧了身上的风衣。正在这时，忽然飘过来一阵炒板栗的香味，那香气直往鼻孔里钻，有难以抗拒的诱惑力。

循香望去，街边支着一口大铁锅，卖炒板栗的似乎是夫妻俩，女的负责称栗子、收钱；男人卷起袖子，抡着一把大铲，俯向铁锅，正在卖力地来回翻炒。深枣红的板栗与黑色沙粒混杂着，在锅里颠簸。炒熟的板栗盛在厚厚的保温棕桶里，上面覆盖着特制的棕盖，一揭开便甜香扑鼻，粒粒硕大饱满，油亮光滑。

我在摊前站定，称了半斤。纸袋暖暖的，让人迫不及待伸进去抓出一个，于唇齿间轻轻一磕，便皮肉分离了，是郁郁莽莽的香，接着，广大无边的甜和糯，美妙的感觉充满整个口腔。

亲爱的板栗，你又跟秋风一起来了。

我从小爱吃板栗。小时，老家屋旁有一棵高大的板栗树。每年夏初，板栗树会开出两种花，一种是绿色绒球，植物学书上说这是雌花，还有一种呈条状，表面也是毛茸茸的，是雄花。板栗花散发的气味不好闻，有点腥，怪怪的。

不知哪一天，突然抬头一看，咦，小绒球变成了小刺猬。满树青刺，愣着木木的脸，越盼越不见长。看一次，是那傻样，再看一次，还是那傻样。但处暑的风一吹，它们便逐渐膨大、变黄。成熟的板栗球会自动裂解，走在树下，不留神，啪的一声，一颗板栗从天而降，剥出板栗仁，一咬，嘎嘣嘎嘣，生脆香甜。

处暑时节，打板栗的声音，风激浪一般先后响起来了：哗，哗，哗，哐当，砰砰砰……一阵乱响。怀抱果实的板栗树，正在挨着棍棒的击打。树下，落叶飘零，刺球铺地。半空中，还有一批批愣头青迅疾下坠，砸向地面。家里的大黄狗也跑来凑热闹，汪汪地叫着，前窜后跑，兴奋得很。

一箩筐板栗抬回家，父亲把它们倒在墙角，盖上稻草，再捂上一阵子，等它们彻底熟透。然后，父亲用鞋底踩，用石头砸，母亲就在一边剥。剥出的板栗颗颗饱满，或椭圆或滚圆，红褐色，像穿着一件光滑的丝绸衣服。

板栗好吃皮难剥，特别是里面褐色的瓤。母亲烧了开水，烫过板栗，再过凉水，就好剥多了。层层包裹之下的，金黄的圆滚滚的板栗仁，展簇簇的，实在是欣欣然一道风景。可以做板栗白米粥，板栗炖鸡，板栗烧排骨……

板栗成熟的时候，家里养的几只三黄鸡也长大了。“秋风起，鸡仔肥”，正是贴秋膘的时候。那时，我家有一个乌黑的砂罐。晚上临睡前，父亲在灶房角落的砖砌火膛里垫了柴灰，燃起微红的木炭，四周围一些板栗壳，然后把宰好的鸡块和板栗倒进砂罐里，端端正正放好，最后捂紧砂罐盖子，砂罐周围再密密缠一圈草绳。这锅煨鸡汤，就交给时间了。

翌日清晨，起床一看，木炭、板栗壳、草绳全部化为灰白余烬，揭开砂罐盖子，满屋子都是香味。舀一碗出来，金黄四溢，浓香扑鼻，看得见丰腴，看得见油汪汪。趁热喝着，闻得到肉香，听得到秋风，感受得到香甜。

我永远不能忘记，秋风瑟瑟的早晨，全家人围坐在一起，头碰头喝一碗滚烫的鸡汤，那一幕，烙在心里，成为最温暖明亮的记忆。汤毕，我妈扯下两只鸡腿，分别夹给我和小弟，看我们狼吞虎咽，她的脸上始终漾着笑容。

我爸是乡村厨子，从前周围邻居办酒碗，常来请他去掌勺。他会做很多菜，栗子烧排骨，是浓墨重彩的一道美食。在酱油的加持下，排骨变得红彤彤，栗子依旧黄澄澄，装在海碗里，边沿的油还吱吱冒着小泡。一盘好菜，在桌上热气袅袅，寒陋之家立时蓬荜生辉。

可惜的是，多年以后，我家那棵板栗树被砍了，那只黑黝黝的立过大功劳的砂罐也不知去向。在写这些文字的时候，我想起这事，忍不住抬头问父亲，他说摔坏了，早就扔了。

多年后，寒冷的秋夜里，我站在厨房里，仔细熬一锅栗子粥，香气飘得整个房间都是。坐在灯下，吃着热腾腾、香喷喷的栗子粥，感觉日子还是不错的。食毕，身体暖了，心也暖了。人就是这样，在美食的滋养下，一日日活得精神抖擞，意气风发。

板栗补气第一。经历苦夏，人体消耗掉不少元气，秋天时用栗子进补，最是相宜。最近几年，我一直在反复阅读《黄帝内经》和一些其他中医药书籍。中医讲究的是食疗，因时而食，随时令在饮食中进行滋补。板栗下树，正好为人食用，它能健脾胃、强筋骨、补气血。这是自然的慈悲，你若懂得，就会跟随天地的节奏，在四季轮回中从容行走。

多吃些板栗吧，且养精蓄锐，你听，冬天已经在敲门了。

从苌楚到猕猴桃

十月，猕猴桃当令。我说的是野生猕猴桃，至于人工种植的猕猴桃，因为冷库的普及，每个季节都有售卖。

野生猕猴桃，四川人叫它毛梨儿，这很贴切，它们长得毛茸茸的，状似小梨。山村乡镇的逢场天，集市上很多售卖毛梨儿的小摊。蛇皮口袋搁在地下，袋口卷起，里面一堆黄色野物。个头小，硬邦邦，貌不起眼。别嫌弃，也别急，放置一阵自然软熟，蜜甜水灵。

以前，父亲弄回一口袋毛梨儿时，总要在谷草堆或者棉絮中捂上半个月。忽然一天，浓烈的果香飘散出来，就会勾引起馋虫。揭开毛梨儿的层层包裹，香气越来越浓，越来越集中，一捏，都软了！

如果等不及，想要催熟，可以放一个成熟的梨、苹果或柿子进去，再扎紧袋口。奇妙的事情就发生了，毛梨儿好似得到命令，朝着成熟的路上狂奔而去。几天工夫，争先恐后地软了，且香气四溢。多年后，我读到一本书叫《植物知道答案》，才知道那弥漫的香气为何物。书里说，成熟水果会释放出乙烯，这种植物激素是一种天然的催熟剂，它飘散到空气里，仿佛在告诉生硬的毛梨儿：该成熟啦！

与人工种植的猕猴桃相比，毛梨儿的外皮极薄，轻轻撕掉覆盖细密茸毛的黄皮，鲜绿柔嫩的果肉呈现眼前，绿汪汪的深潭，香气和黑芝麻点似的籽粒纠缠在一起，直叫人口舌生津。尝一口，新鲜、淋漓、蜜甜，这才是猕猴桃的本味啊！那些芝麻点是种子，给咀嚼增添了很多乐趣。久远以来，它们就是凭借这点，让人和鸟雀等动物享受美味的同时，顺带帮其传播后代。

野生猕猴桃的香，是干净纯粹的。这就像我喝惯的家乡红茶，茶青采自深山杂树丛生的野林，每片叶子均自然天成，有未经驯化的香气和口感，每次冲泡，滋味都有或多或少的细微差异，令泡茶之事充满趣味，值得期待。野生猕猴桃也是如此，长在山野，它们记得春天的雨，夏天的风和阳光，秋天的星光和虫鸣，并且把这些记忆镌刻在果肉里，融化在香气里。而人工种植的猕猴桃，口感如流水线产品一般均衡，哪能比得上这散发着浓郁山野气息的小小精灵呢？

那天到农贸市场，碰巧遇到一位卖猕猴桃的中年农民，他皮肤黧黑，伸出的双手很粗糙，还有伤痕。瞥一眼猕猴桃的大小形状，便知是野生的。“毛梨儿不好讨，”他说，“都长在深山灌木丛里，不容易找到，昨天上山下山五六个小时，还摔了一跤，脚都崴了，总共摘下这么一袋。”

对这位农民采摘野生猕猴桃的艰辛，我丝毫不怀疑。我曾经跟朋友们去山里徒步，听说有向导要带大家去摘毛梨儿，同伴们头晚就开始兴奋，微信群里各种吵闹激动。次日进山，果然有村民在前面引领，一路荒草丛生，荆棘蔓延，走了很久，冲锋衣也被剐破，终于一睹它们的尊容。毛梨儿们或攀爬在陡峭的岩壁上，或蹲伏在带刺的悬钩子藤蔓里，采摘非常困难，有些果子根本就够不着，只能望之兴叹。

农场里的猕猴桃，规规矩矩地长在架子上，伸手便能摘取，并且大小匀整，而野生果子却小得多，形态各异。所谓物竞天择、适者生存，野生猕猴桃和其他植物同生共长，拼命抢阳光，抢水分，抢营养，自然有差异。偶尔摘得几颗硕大且模样周正的，同伴们都开心得大叫。

野生猕猴桃，是道家人最喜欢的。他们说，深山里气场干净，野生果子能量更充足。我吃过绝妙的野生猕猴桃酒，是鹤鸣山道士用土法酿制的。一层猕猴桃、一层黄冰糖，装进陶坛，封口密闭储存，一年后才开坛。猕猴桃在冰糖浸渍下，长时间自然发酵，肥硕丰润的果肉在植物酶的作用下，基本上都醇化了，成为晶亮透明的猕猴桃原浆酒液。

暑天炎热，蝉鸣在耳，道士冲沏绿茶，茶汤凉冷后兑入猕猴桃原酒，用以款待我们。茶汤幽香袭人，仿如一滴滴甘露，无与伦比。这是独创的吃法。

道家理论认为，物以土为本，人以胃为先。自古以来，猕猴桃以其营养美味，深受修道者青睐。青城四绝之一的洞天乳酒，便取材猕猴桃。我吃过一次，至今难忘。青瓷酒器状如葫芦，葫芦里装的不是药，是绝世美酒，酒色泽莹绿，浓似乳汁，其味香绝。

洞天乳酒是成都流传至今的唯一一种古法酿制的果酒。据说一千八百多年前，张道陵在青城山传道时，发现当地盛产猕猴桃，吃不完的猕猴桃在发酵过程中会形成独特鲜美的滋味。如果再配以青城山的矿泉水，两种随手可得的材料一遇合，经过巧手酿制，就可以诞生神奇美酒——果香浓郁优雅，鲜美醇和。当年杜甫来成都，饮用后赞不绝口，赋诗颂扬：山瓶乳酒下青云，气味浓香幸见分。

时代在发展，曾经珍藏在道观里的美酒，如今现身市场，造福大众，成为弘扬养生文化的载体。就像今天的猕猴桃，不再需要跋山涉水、冒着危险去采摘，四川盆地温暖湿润的气候、肥沃的土壤，于它的生长非常适宜，猕猴桃已成致富果，产业发展欣欣向荣。

遥望历史深处，猕猴桃是古老的植物，早在先秦时期，中原大地已有猕猴桃的身影。那时，它有个文绉绉的名字——苌楚。《诗经·桧风》：“隰有苌楚，猗傩其枝……隰有苌楚，猗傩其华。”苌楚是雅名，那时候民间叫它什么，已不可考。到唐朝，猕猴桃之名广为人知，岑参便有“中庭井栏上，一架猕猴桃”的诗句。李时珍在《本草纲目》里记载：“其形如梨，其色如桃，而猕猴喜食，故有诸名。”

2008年，在新西兰召开的国际猕猴桃大会，确认猕猴桃的原产地在中国，它在20世纪初才传入新西兰。苌楚漂洋过海，带着华夏“楚”气，去到异国他乡，新主人以貌取名，谓之奇异果。

有意思的是，彼时何人把猕猴桃带到了大洋深处？传说不可全信但可参考。相传1903年，新西兰某中学校长玛丽·伊莎贝尔来中国旅游，她惊奇地发现了猕猴桃的美味，就带些回国，将种子交给当地果农亚历山大，猕猴桃就这样被“收养”。幸运的是，位于南半球的新西兰对猕猴桃来说，同样是一片合适的沃土，这里冬无连续低温，春无霜降，土壤疏松透气，正好符合它的需求。六年后，果园中这种被暂时称作“中国鹅莓”的植物结出果实，它外皮上的茸毛像奇异鸟（kiwi）的羽毛，颜色也相似，于是它被正式命名为奇异果（kiwifruit）。

经过几十年选择育种，精心培育优化，新西兰奇异果已经达到相当高的水平，个大、香郁、味甜，果肉颜色也成功“解锁”，不仅有常见的绿色，还有红色、黄色、金色等。不过，近年来，我国专家也在加紧对本土猕猴桃进行改良培育，相信很快我们就能看到本土猕猴桃与进口奇异果的大“PK”。

从苌楚到今天的猕猴桃，这种水果已走过两千多年的长路。不过，无论猕猴桃的模样、滋味、称谓如何变化，我还是留恋最初的苌楚——华夏大地长出的仙桃。

柿柿如意

乡村人家，大多喜欢在门前或庭院里栽几株柿子树。柿树是讨喜的，寓意美好，谁不希望一生一世（柿）心想事（柿）成、事事（柿柿）顺心呢。在中国的文化语境里，柿树为景，日子便有了富足的气息。满树熟透的红柿自然是绝佳风景，但若剩下几颗挂在枝头，一场冬雪过后，白雪映照树上的红柿，也是一种意境，同样完美。

冬天围炉煮茶，搁几个柿子在旁边，并非一定要吃，看着就亲切温暖。柿子圆圆胖胖，让人想起小孩穿上棉袄棉裤的模样，一个个矮而胖，蹒跚地走来，天真可爱。

柿子有好颜色，饱和度非常高，视觉感受明媚。如今，时髦的女人们都在玩撞色。特别是柿子色和蓝绿色相撞，就像黄中带红的柿子刚从绿叶里露出来，是一种成熟又有生机的配色。我有一件柿子红的毛衣，柔软轻暖，每次穿上身，总会想起柿子的鲜甜。

中国是柿树的故乡，可以追溯的栽培历史达两千多年，司马

相如就曾经在《上林赋》里写过。也就是说，柿树曾经和其他嘉木一起繁茂在天子的上林苑里，与珍禽异兽为伴，享受荣光。

柿树广受国人喜爱的原因，正如唐朝段成式在《酉阳杂俎》中的总结：“（柿）有七绝，一寿，二多阴，三无鸟巢，四无虫，五霜叶可玩，六嘉实，七落叶肥大。”柿树优点多多，但普通人大多关注的是第六绝，“嘉实”。谁不爱吃柿子呢？轻轻撕下薄膜般的外皮，一派温润香糯，张嘴一咬，满口软甜、绵润，味蕾立时陷于鲜美的沼泽。还有柿子中的小舌头，总是趁人不备，滑溜一口下肚，凉滑至极。

柿子有硬有软。软柿子在四川乡下极多，人们叫它油柿子，大约是表皮油润光滑，似有蜡。老家屋后有一株油柿子树，是祖父当年亲手所植，在我印象里，早年便已高过屋檐，后来一春高过一春，树冠渐渐长到长空里去了。

祖父日日老，终于在一个水稻扬花的清晨驾鹤西去，他的阴宅就在屋后边，与柿子树相望。再后来，老家搬迁，因为腾退土地，宅基地周围的树木几乎被砍光，柿子树站在自留菜园和坟茔之间，因此逃过一劫。

柿子树仍然日日长，从不见衰更不见老，没人给它施肥浇水，枝叶婆娑如巨柄大伞。春夏的风吹过柿树，枝叶自由晃动，波涛一般。不知什么时候，柿子花悄悄地开，悄悄地落，并毫不起眼地长出青绿的小柿子。它们按照自己的节奏在行进。秋天，柿子由青绿渐变成橘黄，再由橘黄变成橙红，这时的天空总是特别高远，满树柿子灿烂地微笑着，就像树上挑着一盏盏红灯笼。我们提着篮子去摘瓜菜，抬头望见一树嘉实，就会感到开心，仿佛祖父的爱意仍在世间流动。

冬天越来越近，萧条扑面而来，柿子却日渐红熟，每一颗柿子里饱满的甜，仿佛为整个冬天而来，热烈欢乐，让严寒有了几分温情。

农谚道：白露打核桃，霜降摘柿子。每年秋末，父母便商量着去讨柿子。为了防止柿子磕碰破皮，父亲把一个网兜挑在长长的竹竿梢头，高处的柿子套在网兜里，就像拧螺丝一样，旋转一下就摘了下来。然后带回家，焐得透熟后分送给四邻亲友，余下的再让家人品尝。母亲笑说，大家吃才香，一人吃打标枪（意思是拉肚子）。她说得在理，柿子性寒，有润肺化痰的功效，但是吃多了伤胃，容易腹泻。不过这句话里更深的意思，是让我们懂得分享。

吾乡有句俗语，“留几个柿子看树”，说的是摘柿子不能全部摘干净，要留些给鸟儿，这也是一种分享。更何况，鸟儿在啄食柿子的同时，会顺便吃掉柿树上的害虫，柿树得到保护，来年就能结出更多更大的果实。

柿子下树，差不多也就正式入冬了，柿树叶子也在一夜之间红透。朔风席卷而过，没有带走什么，却留下满地零落的柿叶，仿佛画出一幅冬日的写意。柿树光秃秃的枝头伸向天空，枯淡寂寥，但所剩无几的柿子却更显鲜艳夺目，透着温柔质朴的气息。两相对照，娇艳又苍茫，意味深长，不着一字，诗意也是足够了。

这时，叽叽喳喳的鸟儿们总是不请自来，热热闹闹，围着柿子啄个不停。山雀和画眉极为活泼，像患了多动症一样，上蹿下跳，啁啁啾啾。绿绣球最好看，体形小巧，羽毛鲜丽，惹人怜爱。体形较大的是灰喜鹊，最爱吃柿子，总是呼朋唤友而来，心满意足而归。

刘禹锡有一首诗《咏红柿子》：“晓连星影出，晚带日光悬。本因遗采掇，翻自保天年。”写的是柿树上最后几棵红柿子的命运，貌似在写柿子，实则是在感叹，像柿子一样被遗忘于树，反而天地宽阔，美艳到老。乡村人大抵很少有人读过此诗，农民的智慧是简单朴素的，他们只知道要留几颗柿子，就像做人做事都应留有余地，福不可享尽，利不可占尽。他们挂在嘴边的口头禅是“凡事留一线，日后好相见”。那一丝善念，其实也是给自己和子孙后代留下好的种子。

柿子入诗，也入画。我见过齐白石的《六柿图》，六个柿子置于篮中，设色朴雅，心静意清，用笔憨朴纯厚，极富意趣。爱画柿子的齐白石，还自称“柿园先生”。

在我看来，喜欢柿子的人，大抵有一颗天真的心。保持一份单纯的心地，行走在人间，呼吸顺畅，活得自由洒脱，不会执念太深。

柿子红艳在文人画家的笔端，也摇晃在庸常的平民生活里，姿态温婉，让人在俯仰之间，看见埋藏在岁月深处的人情暖意。

愿你的每一个秋天，有柿可食，柿柿如意。

辑四

冬之册页

芋艿的个性

初冬的菜市场，各种时令蔬菜鲜活可喜。

先看见芋艿。一个老农蹲在地上，面前一堆带着泥土的芋艿。“刚挖的红嘴芋，保证又绵又软和，”他说，“下锅就烂，明天我还在这里卖，不好吃你就退回来。”

我笑了，好实诚的老人，于是拣一些让他称，心想，正好跟小白菜秧一起煮，好久没吃过这道菜了。从前母亲经常这样搭配，挖芋头的时候，入秋撒的白菜种子长成一片绿苗苗，扯些来跟芋头一起煮。

没想到，这些芋艿让我遭了殃。

随着削皮刀的转动，芋艿的糙黑外衣纷纷掉落，露出白嫩如玉的内里，光滑、细腻，还有丝丝黏液。接下来，放在砧板上，滚刀切成大块。还没下锅，突然双手开始出现针刺般的烧灼与痒痛。一会儿，手背上显现红斑、丘疹，痒和痛同时迅速扩散、加重，汹涌而来，先是数不清的蚂蚁在皮肤下钻动、咬噬，接着蚂蚁变成黄蜂，疼痛加剧。与此同时，痒感仿佛蔓延到全身，手指痒，胳膊痒，甚至脸颊和耳朵嘴唇都在痒，简直让人崩溃。

我知道是芋艿发威了。以前我听说洗芋艿容易过敏，一时忘了这茬，没想到这么厉害。赶紧上网搜处理小妙招，糖盐水浸泡、抹牙膏、搽清凉油……一番折腾，收效甚微。索性安下心来，观察它，看它怎么去。总归要过去。

这痒是不能抓挠的，我提醒自己，但又很难控制住不去理会。我分不清难以忍受的痒是来自症状，还是来自心理上的暗示，隔半分钟，就要用手去摩挲，手触摸到的皮肤是毛糙的，凸起颗粒，有火烧火燎的刺痛。

“麻手的芋头才好吃，保准又绵又软。”想起小时候母亲说过的话。晚餐时，各种麻痒痛终于退潮，我夹了一筷子芋头，果然，软软的，口感细腻，配上白菜秧，入嘴清香滋润，鲜美无比，一大碗芋艿被吃得干干净净，全家人还意犹未尽。

我在心里喃喃念叨，玫瑰花是有刺的，会耕地的牛要踢人，难以驯服的才是千里马，有个性的芋艿才好吃，凡此种种，它们就是要让你留下深刻印象。平庸之辈，往往无甚动人之处。世间万物真是有趣。

其实有一个办法，可以回避芋艿的猛烈个性，那就是直接上笼屉蒸。单位食堂里就常有这个菜，大家都爱吃。午餐是对一上午忙碌工作的奖赏，我和同事们轻松说笑，伸手拿过一个芋头，剥掉粗黑的外皮，然后慢慢地仔细地吃。白白的芋肉如玉，口感非常纯正，无法描述，就是芋头本尊。

芋艿跟玉米、土豆、花生、南瓜一起蒸熟，摆在盘中，可上宴席台面，就是大名鼎鼎的“地五鲜”，有点过丰收节的意味。

来自泥土的食材，用最朴素的方法加工，也许是对它们最好的尊重。实则，真正的好

东西原本朴实无华，只是在五色五音五味充斥的时代，才稀罕。由此可以类推，在谬论横行的岁月，真理是高贵的；在食物被过度加工的岁月，家常味是高贵的。

我想起芋艿在地里的青枝绿叶。从前，母亲每年都要在自留地边种几棵芋艿，我们那里叫它芋荷，叶子宽大碧绿，跟荷叶一模一样。叶梗可以吃，而且很好吃。我跟着母亲去掐芋艿梗，顶着阔大的芋荷叶当太阳伞，伞下的清凉是绿幽幽的。

芋艿梗拿回家，母亲就坐在小板凳上，细细撕去梗上的外皮，切成小节。芋荷梗中含有天然皂角苷，须先以沸水彻底煮熟，待坚硬的叶梗变软，再沥干，回锅烹炒。热锅倒油，姜葱蒜爆香，再倒入芋艿梗，翻炒几下，加入盐菜颗粒、豆瓣辣椒、酱油、花椒面等，一上桌，所有筷子都争着伸向它，爽口，清香，麻辣，是一道呱呱叫的下饭菜。家乡一位可敬的老领导，平生唯喜食此菜，如今年逾七旬，仍然百吃不厌。不过，这道菜在高档餐馆点不到，路边餐店、苍蝇馆子多见，极为便宜。

秋末初冬是挖芋艿的季节，一锄头下去，一大兜的是芋母，周围簇拥的是小芋头，乡亲叫它们“芋儿子”，亲切得很。收获的感觉真好，种什么得什么，让人感念土地的恩德。一大筐芋艿抬回家，搁在粮仓旁边，饿了，就煮一锅吃。呵呵，我有一筐芋艿，可以慰风尘。

芋头是土生土长的中国货。古人是怎么看芋头的呢？司马迁在《史记·货殖列传》中记载：“蜀卓氏之先，赵人也，用铁冶富。秦破赵，迁卓氏……曰：此地狭薄。吾闻汶山之下，沃野，下有蹲鸱[chī]，至死不饥。”这句话里，并没有看到一个“芋”字，但翻译过来是这样的：蜀地卓氏的祖先是赵国人，冶铁致富。秦国击败赵国时，迁徙卓氏……卓氏说，葭萌地方狭小，土地瘠薄，听说汶山下面是肥沃的田野，地里长着大芋头，形状像蹲伏的鸱鸟，有了它，人到死也不会挨饿。

《史记》注里解释说，芋头形类鸱鸟之蹲。所以，这里说的就是地里有芋。后来剥食芋头时，我每想到"蹲鸱"这个词就不禁莞尔，芋头的这个奇怪名字，实在形象有趣啊。

芋头很顶饿，加上产量高，在红薯、土豆等传入我国之前，历史上每遇到战争和荒年，芋头都出大力，救民于水火。汉朝时氾胜之编撰的农书《氾胜之书》，详细介绍了芋头的种植方法，诸如深耕、用湿土与粪覆盖等。

芋头这么好，我总是疑心，是不是应该写作"玉头"，不过，食不果腹的时候，哪管它是玉还是芋，吃在嘴里，比什么都实在。

明朝王象晋著有《群芳谱》，他在《菜蔬部·芋》里记录："芋，一名土芝，一名蹲鸱，一名莒。在在有之，蜀汉为最。"作为四川人，我不由得有了些得意。"广志所载十数种，君子芋，淡善芋，百果芋，鸡子芋，车毂芋……又有蔓芋，博士芋，百子芋。"原来，三四百年前，王象晋记载的芋头品种已经如此之多，真是长见识了。

国学大师南怀瑾也讲过一个禅师和芋艿的故事。话说中唐时期的一个寒夜，李泌去拜访懒残禅师，懒残把干牛粪垒作一堆，抖抖索索，清鼻涕长流，正在生火烤芋头。李泌一声不响跪在旁边，恭敬求道。懒残骂李泌，是不是想来偷东西，边骂边剥食芋头，忽然转过脸来，把吃剩的带着鼻涕的半个芋头塞给李泌，实际是要观察他的反应。

李泌接过，并不嫌脏，规规矩矩地吃下去。懒残看他吃完，便说：“好，不必多说，看你诚心，许你将来做十年的太平宰相。”果然，李泌后来身经四朝，辅翼朝廷，成就一代名相功业。

故事的主角为什么是芋头呢？芋者玉也，埋首专心吃芋头的人，布衣素食，清贫守道，但却甘之如饴，最后有了美玉一样的温润人生。明代出了《菜根谭》一书，“嚼得菜根，百事可做”，或许正是芋头故事的延伸。

世间多少东西看似金光闪闪，却败絮其中，芋艿却反其道而行之，它虽然有着粗糙暗黑的外貌，甚至还分泌凶猛的植物激素，看似拒人于千里之外，但剥开后，你会发现它有一颗温柔美好的内心。

像南瓜一样活着

南瓜有很多好邻居，譬如茄子、辣椒、黄瓜、葫芦、土豆……它们按时序生长，跟人一样，各有个性——茄子披一身紫衣，俨然紫袍将军；丝瓜有清丝丝的女子气，它的身段、口感都是婉约的女性派；葫芦是蔬菜里的文艺范儿，适合把玩，葫芦里装的是什么，你可以尽情猜想；辣椒有泼辣之风，尤其是朝天椒，它们朝着天空张扬个性……相比之下，南瓜显得敦实，又带些笨拙，像乡下木讷的汉子。

笨笨的南瓜，带着傻气，就像时光里单纯的人，踏实地过日子。

我爱吃南瓜。南瓜瓤是我小时候最喜欢吃的，做法也相当简单，切开老南瓜时挖下黄色的瓜瓤，蒸饭时将其铺在米上，饭熟后，南瓜瓤的香味就渗透到米饭里了，饭粒也被浸染成淡红色，更为清甜可口。

记得深刻的还有炒嫩南瓜丝。刚摘下的小瓜，身上长满好看的线条和花纹，像一幅神奇的地图。去蒂，切成细丝，跟泡椒、泡姜一起同炒，滋味鲜美。做烩面的时候，也可以放在锅里跟面条一起煮熟，捞出来，放点盐，再搅碎，连面和菜一起吃，异常美味。

南瓜花也是百吃不厌。有时回老家，母亲来不及做菜，就在瓜架上摘几朵南瓜花，做一碗面疙瘩汤，再放点软浆叶。盛在碗里，碧绿衬着嫩黄，颜色好看，像饮食中的小家碧玉。当然吃的是不受粉的花，也就是村里人说的“谎花”，我觉得这个词十分绝妙，不结果开着玩的花，可不就是撒谎的坏蛋吗？不过大部分的花是能结果的。花谢后，一两天就会长出嫩嫩的小瓜，玻璃球似的，浅绿色，毛茸茸像刚出窝的兔崽子。

南瓜渐渐长大，颜色由绿变黄，由黄变红，远远望去像硕大的灯笼。它们是在照亮谁的黑夜呢?

深秋，老南瓜下来，垒起来堆在墙角，俨然一轮轮酡红色的太阳，照得朴素的日子充满喜气。每次看到它们，心里便多些熨帖与安妥。

南瓜耐储存，只需放在阴凉干燥的地方，可以一直吃到次年春天。蒸炖煮焖，皆是佳品。跟面粉一起，揉成南瓜饼；加点米就煮成南瓜粥，不放糖，丝丝甜味在舌尖回转，还有一股清香在鼻尖萦回；跟米汤一起煮，借一点米香，更甜软绵糯，吃一碗可以填饱肚子。朋友说，老南瓜过去是穷人的粮仓。

一粒南瓜子放在掌心，不过指甲盖大小，但是跟十几个圆滚滚的金红色大南瓜摆在一起，你不能不惊叹种子的力量。小小一粒种子，可以繁育出这么多“粮仓”，生命真是神奇。

乡村人说，南瓜太贱了，四川话的“贱”不是说下贱，而是指它的生命力太强。春天，随意把种子丢在地里，待藤蔓长出，再施肥，而且最好是畜粪，会使它们越结越多，越长越大。

从前每年吃老南瓜时，母亲会把南瓜子挖出来，洗净晒干，攒到一起，过年时，柴锅烧热，小火慢慢“炕”熟，大火容易炒焦，要吃到香脆易剥的南瓜子，需要细心和耐心。

朋友说，她姨妈一辈子素食，已经八十多岁，脸色红润泛光，比照顾她的保姆气色还好。老人家有个养生诀窍——每天都要吃一把南瓜子，足见它的营养价值。

南瓜便宜至极，几元钱可以买一个。物以稀为贵，鲁迅先生写过，北京的白菜运往浙江，便用红头绳系住菜根，美其名曰

“胶菜”。南瓜没有这样尊贵的待遇，全国各地都可生长，不择水土，不论肥沃或贫瘠，因为多而贱，甚至遭到蔑视，我实在替它感到不公。

啰唆了这么多，实则南瓜一身都是宝。而它又是如此低调、憨厚，一辈子扎根于暗黑的泥土，努力生长，像一种安居一隅、守拙、沉静的人生状态。梭罗说，一个人如果生活得诚恳，那他一定心在远方。南瓜的一生，大致也是身在当下，心系远方。

像南瓜一样活着，不管外界怎样嘈杂喧嚣，心里暖和安定，就像老子说的，抱朴守拙。这是一种幸运，也是一种福气。

与萝卜相濡以沫

立冬后，菜园里一片青葱，萝卜迎来最好的年华，甘甜脆嫩，汁水充盈。

过去的川西农村，打整田地、割猪草的农妇口渴了，便会顺手拔一根萝卜，用镰刀削掉带泥的外皮，生嚼大啖起来。村民说，微辣的生萝卜才好吃，滋味浓。是什么滋味呢？应该是更厚道纯正，有本真之气吧。读日本作家水上勉的书，里面写道："萝卜的辣味扑鼻而来。这是独特的辣味，拌饭吃，舌头会感觉到甜。这是过去的萝卜，是我们已经遗忘的萝卜的味道。"我深以为然。

那是在20世纪70年代，种植科技不发达，尚无反季节蔬菜，每到秋冬，一日三餐，家家户户翻来覆去吃萝卜，且美其名曰"土人参"。四川人将萝卜的吃法发挥到极致：清炒萝卜丝、萝卜煮汤、萝卜烧肉、萝卜泡菜……印象深刻的是萝卜连锅汤。五花肉切成薄片，滚水下锅，撇去浮沫，丢姜块、花椒、大葱进去，肉熟之后再下萝卜片，煮好后一大锅端上桌，热腾腾，鲜美诱人。

柴灶上，半锅米饭已经焖好，黄澄澄的锅巴铲出来，浇上萝卜汤，焦脆爽口，汁液淋漓，再配以豆瓣辣椒、香菜、葱花调成的蘸碟，美味无边。

人到中年，转眼吃了四十多年萝卜，并没有吃腻。

私以为，萝卜皮比萝卜肉更好吃。每年，菜园里的萝卜长势喜人，家家户户不但要大批量腌制萝卜干，还会挑选几个大萝卜，将皮削下洗净，投入泡菜坛里。泡好的萝卜皮，酸甜微辣，脆爽至极，是喝粥时的最佳配菜。

萝卜品种多。实际上，谚语“冬吃萝卜夏吃姜”中的萝卜指的是白萝卜，老百姓给它一个昵称，叫“心里美”。

赵丽蓉小品里有一句台词：啥群英荟萃，我看就是萝卜开会。听起来是玩笑话，不过，还真有萝卜开会这道菜。白萝卜、红萝卜切成丝，盐渍后挤干水分，以香油、白糖、陈醋凉拌，酸甜味，吃在口中，有响脆的声音。不过，这道菜得选好萝卜，如果遇到糠心的，捏起来软塌松垮，这样的萝卜基本上废了，别说拿来凉拌，即便炖煮也寡然无味。

民以食为天。寒冬里，手脚冻得僵硬，黄昏时分雨雪纷落，寒风凛冽。关严门窗，打开桌上的电磁炉，任一锅羊肉咕嘟咕嘟滚沸着。肉炖得快软烂，往汤里倾入雪白的萝卜片，萝卜吸收羊肉的精髓，甘甜鲜美。吃进嘴里，舌尖一卷，烦累刹那间化为无形。

此时，宜饮酒。酱香型白酒稍微烫热，小酌一口，一种发酵后的绵长之香，醇厚敦实，如大军压境，从喉舌直抵肺腑。抬眼看窗外，细雪或微雨仍在飘飞，餐桌旁的人，左一片羊肉，右一片萝卜，身心俱暖。世间的珍贵和美好，大抵如此平常。

萝卜柴火鸡，是众人的狂欢。鸡是当地农家自养的，吃的是菜叶玉米面，喝的是山泉水，养了大半年，也不过五六斤重，鸡肉紧实耐嚼，香味浓郁。清油烧热后，放入姜、葱、花椒、豆瓣辣椒，炒出香味，放入带骨鸡块，来回翻炒，炒至红亮的酱色，再倒入开水，盖上锅盖，文火焖烧。最后下锅的是萝卜，因为久烧易烂。

土灶散发着热，四根长条板凳，围坐。揭开巨大的笋壳锅盖，一大锅萝卜烧鸡热气腾腾，奇香扑鼻。一场饕餮大餐就此拉开。食毕，每个人面前的鸡骨堆起小山。一锅萝卜，也已经悉数进入不同的肚腹。

俗语云："冬吃萝卜夏吃姜，不用医生开药方。""萝卜上市，郎中下岗。"难怪人们戏称萝卜为土人参，它并非浪得虚名。

很多东西就是这样，多则贱，比如萝卜。在人们的眼里，它普通至极，只要有安身之土，就默默将根深入泥土，吸取养分，最终将甘美回馈人类。而萝卜占有的，只是一个暂且容身的土坑。

一个萝卜一个坑，四川人爱这样说。我原先不明就里，现在有点懂了，意思是说，你我在这世间，不过都是一颗萝卜而已，各在其位，踏实做好分内之事。如此就好。

多年过去，当我一次次把筷子伸向萝卜，才恍然醒悟，世上哪有什么高低贵贱，不过是人心颠倒。很多狂妄执着，都是缺乏平等心。温暖我们的，其实都是一些平常的美好。

有一天，我拿着电视遥控器东按西按，忽然看到某呼吸科专家正在讲萝卜。他说，如今随着空调、暖气等的广泛应用，冬天室内环境已很燥热，进补高热量食物更易导致肺火、胃火等内火旺盛。专家建议多吃萝卜，生熟皆可。熟吃，益脾和胃、消食下气；生吃，清热生津、化痰止咳。

看来，我们需要经常来一颗白萝卜。熟吃萝卜常见，至于生吃萝卜，川西农妇们早已深谙其道。

与萝卜相濡以沫，努力让自己也成为一颗好萝卜，不糠心，有本真之气和纯朴滋味。

扫码听书

火棘

漫山遍野，璀璨如火

冬天的第一场雪落在火棘上，满枝的红色珊瑚被白雪覆盖，这是惊心动魄的山野之美，是一场视觉盛宴。

火棘和救兵粮

冬天的第一场雪落在火棘上，满枝的红色珊瑚被白雪覆盖，这是惊心动魄的山野之美，是一场视觉盛宴。

这幅画面扎根在我脑海里。在凉山州工作期间，寒冬进村，总会看到路边荒地有大片火棘，悬崖、河滩，或荆棘林里，无论土地多么贫瘠，气候多么严寒，这里一丛，那里一簇，满树都是红色果子。它们无人问津，连鸟雀也不来光顾。它们在深冬里岑寂着，红艳艳，孤独地燃烧着。那么好看的朱红色，果皮是漆器的质感。一串串圆润饱满，天然的艺术品，有东方韵味在里头。

冬天的花是勇敢的，冬天的火棘更了不起。

第一次见到大规模丛生的火棘，是在马湖边的龙湖雄关。那天，木诺带我去登山，沿着一条弯曲的石径攀爬，两边杂树丛生，茅草伸到路中间，白色花穗山坡上四处摇曳。山路陡峭，很快气喘吁吁。我停下来，叉腰休息片刻。很快，稀薄的雾被风吹散，走路出的微汗已经被吹干。寒意从四面八方包围过来。山腰处，我看见两棵树并列站立，树叶落光，枯瘦的枝干伸向天空，仿佛一个苍凉的手势。

越往上走，视野越开阔。一大片结满红果的灌木林闯入眼帘。是火棘，珊瑚珠似的红果，小小的，晶莹耀眼。单一株也许不起眼，但是连成片就蔚为壮观，漫山遍野，璀璨如火。

四川人称火棘为“水楂子”。这种常绿小灌木植物，凉山州彝族人管它叫“救兵粮”。相传诸葛亮南征到此，因蜀军缺粮，曾叫士兵们大量采集，食之充饥，度过危机，并最终转败为胜，故而诸葛亮以此命名，并流传至今。这个植物故事，真有情意。

木诺告诉我，彝语里称火棘为“阿吉麻麻”，意为可以吃的果果。在粮食匮乏的年代，乡亲们采下它，磨碎，混合少量的荞麦面粉做饼。木诺说，火棘红果并非佳肴，吃起来粗糙难咽，只有彻底熟透的火棘，经历霜雪，才能去掉苦涩，略显一丝甜意。我摘下一粒红果，入嘴品尝，皮厚，很涩。

“龙湖雄关到了！”木诺轻轻地说。一块黢黑的巨石，中间开裂，空隙处仅容一人通过。果然是一夫当关，万夫莫开。群山高耸，悬崖峭壁，地势险要，的确易守难攻。站在隘口，脚下是滔滔的金沙江，奔腾咆哮，从崇山峻岭之间流淌至此，又流向远方。

龙湖雄关是诸葛亮南征的古战场，两千多年前，这里有过一场惊心动魄的战斗。举目四望，风吹草动，恍觉遍山草木皆兵，阵阵呐喊声、厮杀声、兵刃相交声排山倒海，席卷而来。

曾经鏖战之地，如今绿野流芳。空气中只有风声和鸟语。隘口上有两尊高大的彝兵雕塑，威武雄壮，头上梳着彝族传统的天菩萨，螺髻状的发型，酷似一座峻峭挺拔的山峰。一个彝兵在瞭望远方，另一个正在吹响军号。

当地人说，当年诸葛大军沿金沙江而上，欲进入马湖时，在此与孟获大军相遇。孟军居高临下、凭险据守，扎山藤，堆放滚木礌石，阻击蜀军三个月之久。

蜀军粮草不足，无心恋战。最艰难的时候，大家都去采摘山里的火棘充饥。于是，诸葛亮想出计谋，在一个漆黑的夜里，用五千只山羊打头阵，每只羊角上拴上灯笼、挂起爆竹。一阵擂鼓呐喊后，蜀军向上驱赶羊群，满山火光伴随噼里啪啦的爆竹声，彝兵以为是夜袭，赶紧砍山藤，放滚木礌石。天明，羊被全部打死，滚木礌石也已放完，蜀军乘机攻上山头，大获全胜。诸葛亮登上关隘，看到如此险峻卡口，叹曰：“真乃龙湖雄关！”遂勒石为记。

站在龙湖雄关的坳口，山川依旧，几度夕阳。初冬的落日余晖中，百草萧杀，只有漫山遍野的“救兵粮”，美艳如昨。往事越千年，缓缓流淌的历史河流也缓释了曾经的兵戈杀伐之气。而今经济发展，彝民生活大大改善，山野里火棘再红艳，也无人去采摘食用。

如今，火棘已成景观植物，人们把它培植成盆景，花草市场里常会遇见。一树火棘，在萧瑟的冬天成为庭院里的一抹亮色，它们就那样一直红，不凋，红进了寒冬腊月。红色，原本是中国人最喜欢的颜色，没有哪种颜色能像红色这样雅俗共赏，它营造着喜庆与祥和的氛围。一树红红火火的果子，让人想到红宝石，想到冬天的新嫁娘。于是，火棘就这样以自己的硬实力，诠释火与荆棘的爱情，让寒冷的冬天热闹温暖。

一直幻想着，拥有一块花圃，四周的木栅栏上攀爬着蔷薇或牵牛花，角落里种一株火棘。春天细小白花如雪，随风飘落于地，令人想到雪落无声。隆冬时举起满树红珊瑚，仿佛燃烧的火星。有它相伴，我也可以在季节的深处，把自己站成一棵树，内心温柔，且不乏激情。

百菜不如白菜

"××卖出了白菜价"，晚餐时瞥一眼电视，又有人拿白菜来做营销，意思是说某物十分廉价，你值得拥有。我含着一口白菜，心里就有点来气，这简直是对白菜的诋毁。

白菜出身高贵，从什么时候起，它竟然成为价贱的代名词。不过是因为容易生长，产量大，就被人轻慢至此。白菜在古时被称为菘，换句话说，就是草类里的松树。

家里餐桌上方，挂着齐白石老人画的《白菜辣椒》，当然是印刷品，不过也很有情味。一株墨汁勾勒的青绿白菜，鲜灵生动，两枚殷红的辣椒斜卧其下，成彼此呼应之势，疏朗几笔，意境清逸，透出活鲜鲜的生命力。每日就餐之际，抬头望一眼那白菜，便觉唇齿生香，似乎眼前的平常饭食，也因它的存在而多了几分清鲜滋味。除了画，我也喜欢画中题款："牡丹为花之王，荔枝为果之先，独不论白菜为菜之王，何也？"白石老人言下之意，颇为白菜抱不平。

中国人的血脉延绵至今，离不开白菜的滋养。世界上最早栽种白菜的，正是中国。在距今6000多年的新石器时代文化遗址里，就出土过瓮藏的白菜种子。野生白菜属十字花科，原是远古人类的采集植物之一，后逐渐成为先民的栽培蔬菜，它助力华夏民族生息繁衍，功不可没。

天寒地冻，百叶凋零，白菜捧出一棵棵鲜翠，一棵重达好几斤甚至十余斤，叶叶紧裹成球形，切开后，雪白水嫩。观之可爱，入厨则可煮可炒，食之清淡，易消化，且营养丰富。诚如白石老人所言，白菜当得起菜中之王。

古人形容菜之美者，称“春初早韭，秋末晚菘”。唐代时，选种培育出的菘菜，已遍种民间，其叶肥厚多汁，脆嫩甘美。唐代诗人刘禹锡有诗云：“只恐鸣驺催上道，不容待得晚菘尝。”未能吃到晚秋的菘菜，刘禹锡觉得很遗憾。

到了宋代，苏东坡写诗云：“白菘类羔豚，冒土出蹯掌。”他把白菜比作羊羔和熊掌，有人说这比喻也太夸张了，是困窘日子的乐观主义。我觉得不然，东坡先生是真懂吃。想象一下，隆冬时节，狂风肆虐，这时，从地里割回一棵鲜嫩白菜，炖一锅猪肉或羊肉，伴着萝卜、土豆、豆芽，咕嘟咕嘟，慢火烹煮，热气四处溢散，香味飘满整个屋间，盛上一大碗，一口肉一口菜，再喝上几口热汤，这滋味，绝对不输给羊羔和熊掌。

白菜经风霜历雪雨，从遥远的古代一路走来，走进每个中国人的日子里。地不分南北，人不分老幼，无人不吃白菜。北方人对白菜的喜爱近乎执着，熬白菜，白菜饺子，醋熘白菜，白菜炖豆腐、炖粉条、炖土豆……诸如此类，换着法子吃，甚至催生出“大白菜文化”。

老家川西坝子，土壤肥沃，白菜生长得肥硕喜人。秋天收割稻谷之后，乡人就在田垄里三三五五点下种子，一场阵雨过后，芽苗就破土而出。待到地气转凉，万物快要凋敝的时节，白菜就迎着秋阳疯长，欢实可爱，嗖嗖嗖，待到白霜将落之际，它已然长得白白净净，瓷实如玉。

在物资匮乏的年代，北方人家每年入冬都要储存几百斤白菜，很多影视剧里都有这样的热闹场景。在川西乡村，人们把白菜直接屯在地里，要吃时，取来镰刀割下便是，鲜灵灵，还带着魂儿。

白菜炖酥肉，冬日餐桌上离不开这道菜。买两根新鲜猪排，剁成小截，裹上蛋糊，炸成金黄的带骨酥肉，再投入砂罐慢火煨炖。酥肉快要炖好时，放入新鲜白菜。白菜充分吸收骨头肉汁的鲜香，又因本身煮得软烂，入口即是浓郁的汁水，轻轻一抿，瞬间就化了。酥肉因为被白菜化解了肥腻，也更受待见。它们俩简直是绝配。一家子围桌进餐，最后连菜汤也喝得干净，吃得心满意足。

这是白菜的乡土味。最高级的白菜，是川菜里的开水白菜。一大碗开水白菜端上来，如果你不曾了解，一定诧异，这就是传说中的川菜神品吗？一碗清汤寡水，没有一点油腥，真的像一碗开水，漂浮着几片似乎还未断生的菜叶。但是，你用勺子品一口这“开水”，就只有一个感受，摄人心魂，因为这碗清汤是用七八种材料、十几个小时精心煨制而成。就跟《红楼梦》里的绝世美味茄鲞（xiǎng）一样，于无声处听惊雷，开水白菜之汤鲜、菜嫩、味绝，已臻化境。

以上这些，是白菜的中国味道，外国的白菜什么味呢？从中国传到韩国的白菜，成为男女老幼钟情的味道，吃面、炒菜、做汤都有辣白菜的影子。我吃过几次韩国风味的烤肉，取一片辣白菜裹住滋滋冒油的肉片，白菜的酸辣味与烤肉的丰腴不期而遇，在相冲相杀中，另一种滋味脱颖而出。吃到最后，拌饭上来，服务员殷勤地取些辣白菜，剪成细片倒在烤盘上，趁着烤盘余温和油香，混合成辣白菜炒饭。我就在心里感叹，韩国人对辣白菜是多么热爱呀。

见过最昂贵的白菜，陈列在安仁古镇刘氏庄园的珍品馆，是一件着彩象牙雕白菜，长弧形，上部是一颗鲜绿的长白菜，白菜帮子上趴着一只蟋蟀，中段雕刻一根樱桃色小萝卜、一枚带着果蒂的苹果，最下面是红熟的苦瓜。聚光灯一打，白菜上的蟋蟀仿佛活了，随时会发出嚯嚯的叫声。

台北故宫博物院珍藏着一颗价值连城的翠玉白菜，仅看图片，就令人叫绝。白嫩的菜帮，新鲜欲滴的菜叶，感觉伸手就能掐出水来。据说当初这块翠玉本有瑕疵，工匠巧妙地将玉石中的黄、白、绿色斑雕成菜斑，转化为白菜的含水质感，使其看上去更像是一棵受过霜寒的白菜。此外，白菜上雕刻的一只蝈蝈、一只蚱蜢，同样栩栩如生，令人叹服中国工匠的智慧。

为什么要用象牙、玉石雕刻白菜呢？白菜不是廉价的代名词吗，怎么配得上价值连城的珍宝？庄园里的讲解员说，白菜在民间广受欢迎，因为谐音“百财”，正暗合人们日进斗金、四季发财的希冀。白菜这棵傻菜，在众星云集的美食帝国，憨厚老实，没想到也有荣华富贵傍身的一天。

不过，白菜对这些是不在意的。它真正做到了不以物喜、不以己悲，表达欲寡淡，只是扎根于广博的大地，老老实实地生长着，年复一年。

凡食饮处，皆有人间烟火。珍馐美味不在少数，但从古至今，唯有白菜最让人暖心。它百吃不厌，功劳得于一个“淡”字。想来，无论何种佳肴，若是每顿都有，早晚都会吃腻。而白菜的淡，是自然的味道，如水一样的脾性，是蔬菜的本味，不远不近，最可贴心。就像合适的爱人，也是无色无味的清水，存在感并不明显，但你会在彼此这种关系里发展自我。这才是真正的滋养，最深沉的抚慰。

人间有味是白菜。又是凛冬，屋外朔风呼啸，不用怕，我有一畦白菜，可以无忧无惧地窝冬。

让人欲罢不能的香菜

有一种气味浓烈的蔬菜，像性格鲜明的人，喜欢它的人觉得奇香，欲罢不能；不喜欢的人，闻之掩鼻绕道，躲之唯恐不及。这就是香菜，学名芫荽，别名胡荽、香荽，伞形科一年生或二年生草本植物。

正如榴莲，有人嗜之如命，有人对它无比憎恨。所谓己之蜜糖、彼之砒霜。又比如有些艺术家的作品，毁誉参半，这其实是好事。不招爱恨的作品，本身就比较可疑。

入冬，香菜长得蓬勃葱绿，也正是吃羊肉的时候。一锅翻滚沸腾的羊汤旁边，必定搭配一个蘸碟——辣椒、香菜、腐乳等配成，其中不可缺少的是香菜。它是药食两用的菜肴，能祛除寒气，用来调制炖羊肉的蘸水，不仅去腥除膻，还能增味助鲜。

有些香菜的拥趸，甚至还要抓一把新鲜香菜直接下锅烫食。譬如我，眼瞧那翠绿欲滴，嗅闻其浓烈芳香，喜形于色，消化酶分泌旺盛，胃口像一扇大门敞开。一番风卷残云，香菜入肚，满口仍留余香，回味不尽。

其实，多年前我也是绝不敢碰香菜的，闻之有一股刺激性的强烈气味，冲鼻，几乎令人作呕，联想起某种散发异味的小昆虫，极不愉快，更甭提跟它亲密接触。

第一次吃香菜，在一位表兄家里。冬日黄昏，表嫂殷勤地端出一只盛满酸菜蹄花鸡的火锅，肉香顿时弥漫整个房间。锅旁还放着一篮洗净的新鲜香菜。兄嫂俩知道我不吃香菜，于是，他们自顾自地夹起香菜，在沸汤里涮烫一会儿，便夹入口中，有滋有味地咀嚼。推杯换盏间，一篮满满的香菜被一扫而空。

嫂子跑进厨房，又捧出第二篮香菜。我心生疑惑：真的那么好吃吗？禁不住兄嫂的刻意“诱惑”，我鼓起勇气，夹起几根香菜，烫熟，慢慢放入嘴里。未曾料，一股浓郁芬芳的味道，从嘴里悠悠滑入肚中，荡漾开去……原来，香菜竟然如此美味！那天，在香菜的“怂恿”下，酒量不济的我竟然连连举杯，喝得双颊发烫，周身暖和。

此后，我便对香菜念念不忘，渐至痴迷，以至于纵然满桌佳肴，倘若缺少它，仍觉索然无味。

吃过多年香菜后，我发觉山村的新鲜香菜更香，气味更浓郁，也许是水土使然吧。山村里，人们还保留着传统的种菜方法，不用化肥，也极少打农药。我多次看到，大爷大娘相互协作，挑着一担畜肥去浇灌自家菜园。地里一片青葱水灵，香菜的小圆叶在冬天的阳光里欢笑。不仅香菜，山里的萝卜青菜也有味。小葱也是，切葱花时会冲得人掉眼泪的，肯定味鲜香浓。

闺密也是“香菜党”。我们一起去山里徒步，回来时在乡镇餐馆吃饭，点一盘香菜干拌牛肉，她夹了一筷子香菜就大叫起来，连呼好香。“为什么超市里的香菜就没这味道呢？”她问。老板说：“品种不同，山村里种的多是老品种，虽然每棵都长得不大，但是香气更浓、味道更足。”我补充道：“还有生长周期不一样，与规模化蔬菜基地里的相比，山村的香菜长得缓慢，天然味道更浓厚。”

香菜可以熬瘦肉粥，闺密说，这么好的香菜，拿来熬粥一定很棒，“肉粥多熬一些时间，熬到软烂绵滑，出锅前撒上切碎的香菜，只需一点儿，就可以让粥的色香味上升一个档次”。后来我照她的法子尝试，熬得满屋生香。

会吃的人都知道，香菜根是好东西，不能丢弃。成都诗人石光华写过《我的川菜生活》，书中讲到养泡菜水：“香菜根子最香，洗干净泡进去。第二天捞起的泡菜，香气妙不可言。长年累月，你就这样细细地养着你的泡菜，也就是在细细地养着你的身心了。此为养香。”

还可以凉拌。香菜根切碎，加少量葱花，以豆瓣海椒、花椒油、芝麻油、盐、味精拌之，香气浓郁，质地脆嫩，鲜美异常。一碟拌香菜根，就一碗香菜瘦肉粥，吃得不亦乐乎。

秋分后，村民在菜地里撒下香菜种子。我看着那些小黑点，眼前又飘过香菜的浓烈气味。香菜，就像某些个性鲜明的作家、画家或导演，敢于直面更深邃、尖锐、敏感的内容，触及人性最幽微曲折之处，其作品也总是褒贬不一。赞美或者讽刺、非议，又有什么关系呢？《世说新语》里有句话说得好：“我与我周旋久，宁作我。”

土耳瓜的前世今生

不久前，在一个山区乡镇的餐馆里，吃到一道久违的菜品——土耳苕炖肉。土耳苕为何物，估计很多人茫然。即便摆在菜摊上，人见到也不一定认识。这东西外表粗糙，土黄色，形状多样，像红苕，像山药，像雪莲果，总之你随便猜，就是猜不到土耳瓜身上去。

是的，它们正是土耳瓜埋在地下的块根。每年冬季，土耳瓜的藤蔓枯萎之后，山民扯掉瓜藤，就可以挖土耳苕了。因为生长周期长，结得并不多，还要留一些来年做种，所以难得，不容易吃到。它们看似丑陋，切开来，肉质雪白，那是它的一片冰心。土耳苕炖肉、烧鸡均可，软糯甘香。

那天，一大碗土耳苕炖肉被我们一扫而光，意犹未尽。

每一颗土耳苕里，都蕴藏着一座看不见的仓房。它太能长了，只需把根埋下，一次性灌饱农家畜肥，就能繁育成一蓬蓬、一架架的瓜蔓，结出无穷无尽的土耳瓜。跟强壮的山民一样，生存能力强大。

土耳瓜是上天送给人们的宝藏。

初夏的清风里，土耳瓜满架绿意，日益葱茏。人们掐下嫩尖，作为时蔬。至今，很多农家乐依然有这道小菜，游客自己便可去瓜藤下采摘，很快摘得一捧嫩尖。焯水之后，加入小米辣、生抽、熟油，拌匀即食。也可以炝炒，脆嫩清爽。

七八月间，青绿的嫩瓜悬在藤下，形似紧握的小拳头，嫩得可以掐出水来。瓜上覆盖着微细茸毛，瓜屁股上长着青春的刺，看着尖尖的，其实挺温柔，摸起来并不扎手。我最喜欢吃嫩瓜，切片炒食，或者做泡菜，脆嫩味甜，非常可口。

十月是丰收的季节，藤蔓上的土耳瓜都长大了，皮糙色黄，身上还有尖刺。大卡车一辆接一辆开进山来，就在桥头路边收购。人们背篼装，箩筐挑，满车的土耳瓜，被运到山外。这时的土耳瓜，适合用来烧菜。单位伙食团里，常有土耳瓜烧排骨。农村人习惯拿来烧肥肠。

川西大邑，种植土耳瓜的农户相当多。或许是土壤、气候特别适合，土耳瓜比别处结得又多又大，每年有上万吨供应市场。

当地人充分利用土地，在山坡上、河面上广泛种植。多年前，我第一次看到马桥河上的土耳瓜，十分惊奇。河面窄处有十几米，宽处二三十米。村民用粗壮结实的楠竹做支架，再用铁丝在河面上纵横编织成网，这就成了天然的土耳瓜架。每年春天，人们在两岸河坎上栽种下土耳瓜苗，一两个月后，藤蔓爬满架子，绿叶盖满棚架，顺河望去，河面覆上了一幅幅绿色的巨毯。

不久，藤蔓间悬挂起一只只小灯泡。哗哗的河水带走炎热，空气凉爽新鲜，这时，棚下的瓜们交给汹涌的河水看管了，没人敢冒险下去摘瓜。等到秋季瓜熟，大水退去，水落石出，人们就下到河底，站在河中的大石上，举手便可采摘。

一棵土耳瓜苗，能结四五百斤瓜，就算几毛钱一斤，算起来收入也很可观。而且土耳瓜耐贮存，可以放几个月，有什么瓜能像它这样，从夏天一直吃到冬腊月呢？

因为土耳瓜的形状，人们通常叫它佛手瓜。细看确实很像，瓜皮上分布着纵沟凹槽，自然将瓜分成几瓣，形如双手合十，很像佛教表达祝福之意。这种特别接地气的蔬菜，并非中国原产，它是漂洋过海来到中国的。它曾经的名字，叫教堂奇瓜。

1911年，一个汉语名字叫雍守正的比利时传教士，随身带着土耳瓜种子来到川西邛崃，接任神父之职。土耳瓜被种在天主堂的天井内，神父给它搭起瓜棚架。炎夏，神父在瓜藤浓荫下喝咖啡、乘凉、会客。在土耳瓜收获的季节，他设下土耳瓜宴，招待各界人士。

十几年后，雍守正离开邛崃。此后，天主堂的神父换了几任，年复一年，土耳瓜在天井里枝繁叶茂，神父们依然用土耳瓜宴招待宾朋，也摘下送人。一天，当地教会中学的校长手捧几枚土耳瓜，来到教员休息室，谓众人曰：“此瓜系神父从土耳其国携来，不知谓何名？”大家纷纷摇头，一位教师笑道：“既然从土耳其国来，就叫土耳其瓜吧。”

新中国成立后，曾任国民政府邛崃县教育局局长的石守愚先生知晓土耳瓜果实多、易繁殖，便极力向邛崃政府推荐，在全县引种培育推广。教堂奇瓜被移植到城外试种，当年入秋硕果累累，百姓称其为土耳瓜。一时间，土耳瓜名声大噪，迅速传遍周边地区，从此进入寻常百姓家。

土耳瓜的前世今生，有乡土味，有人情味。当年的神父肯定做梦也想不到，他本想传播福音，在川西肥沃的土地上撒下宗教的种子，没想到无意中做了一件有益众生的好事。也许，这才是真正的福音。

扫码听书

素描葵菜

每次去菜市，都期盼遇到那位老妇人。她的蔬菜俘获了许多人的味蕾，我是“许多人”之一。与她打交道也有一二十年了，最近几年，明显感觉她在老去，身形已有些佝偻，头发日渐稀疏，黑的越来越少，白的越来越多。唯一不变的，她始终活在旧时光里，依照“不时不食”的古训，踩着四季的节奏，出摊售卖一些时令的新鲜菜蔬。她的菜不一定好看，但新鲜，泥土气十足，有最本真、最结实的味道。

说是出摊，其实就是蹲在街沿，地上一溜儿或大或小的塑料袋，袋口卷起，让人一目了然。春天出场的是椿芽、狗地芽，夏天是几簝玉米，以及自家种的身形细瘦的苦瓜、丝瓜，小小的番茄，秋冬季节块根类多些，芋艿、红薯、土板栗都有。

这次，在一堆杂菜里，我一眼瞥见冬寒菜，心里忽地亮堂一下。它们嫩绿的叶子水灵灵的，散发着一股特有的清香，沁人肺腑。这种香气是青绿的，醇厚的，来自土地，来自遥远的泛黄的书卷。

冬寒菜，即葵菜也。葵菜的名字非常多，大名叫皱叶锦葵。

它在《中国植物志》里，中文名字叫冬葵，因为它是冬日长成的，所以很多人叫它冬寒菜，在我看来，这个名字是对它的赞美。

葵菜走了好长远的路呀，它是从《诗经》里走来的。《豳风》里有人在吟诵："六月食郁及薁，七月烹葵及菽。"菽指的是营养丰富又美味的大豆，葵与它并列，也可见古人对它的珍重。

在汉乐府诗歌中，葵菜是审美移情的对象。"青青园中葵，朝露待日晞"，葵菜叶上的露水，何等容易消逝，太阳一晒就消失了，第二天早上出来又消失，可是光阴一去，什么时候才会回来呢？葵菜的叶子有点皱巴巴的，展开来是圆扇形，按理能够挂住露水，但即便再多雨露，也很快就流逝、蒸发了。

我记得，冬日寒冷的早晨，野地里一片晶莹白霜，葵菜披着霜露，满眼清冷茫茫，确实令人心生无限凄凉之感。汉代人从日常生活经验出发，看到葵菜叶上的清露，感叹人生之短促，不能不说是中肯贴切的。

葵菜是曾经的百菜之王，中国最古老的五菜——葵、韭、薤、藿、葱中，它居首位。古代没有太多的蔬菜可选择，在冬日里也能吃到的鲜嫩的葵菜，非常珍贵，因此在汉代它是奢侈品，王公贵族才能吃到。随着蔬菜种植技术的发展，到了宋元，葵菜迎来它的发展高峰，成为百菜之王。

世易时移。随着明代以后外来蔬菜物种的大量引进，西红柿、菠菜和莴笋等占据上风。本土的五菜种植范围已经发生变化，除了葱、韭还算普及，葵、薤、藿已经少为人熟知，甚至变得相见不相识。葵菜逐渐衰落，最后变成只在南方部分地区可见的一种存在。很少有人种植它，它零星地长在菜园地边、荒地上、沟谷里，一年到头，沉默不语。

但葵菜永远在典籍里鲜绿着。作为最古老的蔬菜之一，它曾经滋养我们的祖先。《齐民要术》中就有葵菜。冬夜在书房里闲翻旧书，读到一两千年前的古人，像挖掘机一样，深入讨论葵菜的种植，详细记述其价值，说葵菜生长适应性强，生长期长，容易栽培种植，病虫害少，耐寒性强，字里行间都是对葵菜的熟悉，对黎民百姓的深情。

遥望窗外，漆黑如墨，我禁不住想，此刻田野里正在扎根生长着的葵菜，以及古往今来躬身于土地的人，正是供养了我们的恩物、恩人。

寒夜漫长，真想来一碗葵菜米粥。葵菜最好的归宿，是和白米一起，熬煮成黏稠的菜粥。

女儿还小时，我们全家住在川西山区的一家三线单位里，每天清晨，当地农民背着各种时令蔬菜到门口售卖。婆母常用葵菜煮菜粥，孩子爱吃，全家人也跟着一饱口福。菜粥不是用电饭煲煮，而是在煤气炉子上，大火煮开，米汤滚沸，噗噗噗，米粥上下翻腾，煮得开花开朵，起锅前再放入切碎的葵菜，搅一搅，便成了碧绿清香的菜粥。入喉软糯甘滑，那种葵菜特有的清香，我永远难忘。忽然一天，婆母撒手人寰，想起吃过她无数次细心熬煮的菜粥，顿觉人世苍茫。

唯有葵菜年年绿。

葵菜的生命力很强，在野地里可以长得很高，无人打扰的话，一米多高是没有问题的，人工种植葵菜，差不多时就会掐掉它的头。每年冬天，它们身披晶莹的寒露，一片片绿叶骄傲地展开，冬天丝毫没有影响它的精气神。是的，冬天是属于勇敢者的，寒冷是对生命的锤炼，让这个世界永远不缺奇迹。

待到春来，葵菜也会开花，它的花朵极小，白里带着浅粉浅紫，低调地开在叶腋的位置，被宽大的叶片遮掩着，无声无息。从春到夏，桃花闹，杏花梨花如雪，橘子花开馥郁醉人，有谁见过葵菜开花呢？

它总是沉默的，哪怕跃身跳入米粥时，也是无声无息的。不言，不语，这种交流，也许胜过世间万种深情。

无论曾经的地位显赫，还是今天的无人问津，葵菜的内心其实是无所谓的，它依然选择在冬天长成，面对严寒泰然自若，给人带来美味的同时，也带来安全感，更带给我们很多思索和启发。葵菜生生不息，它的葳蕤里其实是包含着深情的，它让人想起土地，想起土地上的劳动者，以及土地上生长的供养我们生命的一切。

菜市场的白头老妪，撰写《齐民要术》的贾思勰，他们也是一棵寒风中的葵菜。

盐菜的陈香

四川人大多记得家里坛罐里的那几把老盐菜，那种年深日久的陈香，不仅镌刻在舌尖上，还埋藏在脑海的最深处，长在记忆之树的枝枝丫丫里。

今年春节，在深圳务工多年的表妹回乡，同桌吃饭，席间都是有关美食美酒的话题。满桌菜肴中，突然出现一道盐菜炒回锅肉，表妹双眼发亮，大叫："好久没吃过这道菜了！盐菜跟五花肉一炒，滋味不摆了，我几回做梦都在想这一口。"满桌的人都笑了，赶紧把菜盘挪到她面前。

年过完了，听婶娘说，表妹把坛子里的盐菜悉数取出，分成若干小袋，抽了真空，带上飞机去了遥远的海滨城市。想必，老盐菜能给她的乡愁带去一丝慰藉。《舌尖上的中国》中有一段话：如同传授母语，母亲把味觉深植在孩子的记忆中，这是不自觉的本能，这些种子一旦生根、发芽，即使走得再远，熟悉的味道也会提醒孩子家的方向。盐菜正是如此神奇，它曾是物资匮乏时的下饭菜，而今却成为游子最想念的家乡味。

盐菜要好吃，必须挼得好。这是老四川人都晓得的一句话。

估计外地人很少能理解这个“挼”字，甚至根本不认识。在四川话中它的读音是ruá，意思是反复揉搓。

挼，这是人与食材之间的对话和交流。有一年我在日本旅行，和朋友去居酒屋喝啤酒，吃生鱼片。厨房是开放式的，戴着白帽的厨师就在面前，他无比耐心地用双手反复揉搓鳟鱼，跟四川人挼盐菜一样，感觉是在给鱼做按摩。最后端过来的生鱼片，入口温柔嫩滑，恍然有情意绵绵之感。

同样道理，做馒头的时候，面团也需要反复挼，而且要挼两次。第一次兑水和面，反复将面团挼至细腻柔韧，再覆盖纱布让它发酵。待发酵膨大，再进行第二揉，案板上撒些干面粉，取来面团，用手掌根部使劲摁压，双手来回交替挼搓揉压，至少重复数十次，让面团变得如婴儿皮肤一般光滑、有弹性。挼得越好，最后蒸出的馒头越蓬松暄软，麦香味十足，越嚼越香。

挼盐菜，过去是家庭主妇的必修课。每家都有一两只巨大的盐菜坛，青菜也皆有种植，趁冬闲时做一两坛盐菜储备着，农忙时不愁没菜吃。究其根本，是几千年传承的勤劳和智慧。每家盐菜的滋味千差万别，原因在于“手作”，其实就是用心程度有异，比如挼得好不好。

青菜从地里砍回，露天晾晒，三五天后晒得有些发蔫，取下来放在石板上，就开始挼了，反复揉搓、揉搓，再揉搓。这淘神费力的辛苦活儿，一般都是由家里主妇来承担。一大堆盐菜挼完，累得腰酸背痛。每棵青菜都要挼出汁，再抬到河边用清水漂洗。青菜里难免藏着泥巴和土灰，还得用毛刷仔细刷一遍，再入水淘洗。如此三番，方才洗净。几箩筐青菜洗完，主妇的双手也冻得红肿发亮。

然后抬回家，一棵棵晾晒。家里男性已经在屋檐下拉好长绳子，很快，上面悬挂起一排排青菜，像旗帜在飘。

待青菜半干，接下来是重要的环节——伏盐菜。青菜头剖开，往里面塞入海椒面、花椒面、白糖、八角和桂皮粉等，青菜叶上也抹一些香料，然后，每棵青菜缠成一把，装入刷过白酒的坛子里（四川人称这种坛子为“倒伏罐”，口朝下，底朝天）。伏好后，把坛子倒扣于土陶盂中，加水没过坛口，彻底隔绝空气，就此交给时间，让这坛盐菜去慢慢发酵。跟豆腐乳一样，它们在时间的加持下，会逐渐幻化出岁月的陈香。

夜深人静时，偶尔听得咕咚一声，那是陶盂里的水在往上走，空气在向外排。隔三岔五去看一眼，如果陶盂里水位下降，就及时续水。三四个月，一坛盐菜伏好了，就可以开坛取出食用。盐菜是越陈越香，腌一年以上的更好吃。只要陶盂里的水不干，几年都不会坏。盐菜坛子憨厚地立在屋角，是实实在在的陪伴，它像哑巴一样沉默，却让人安心。

取盐菜是大人的事，小孩不许碰。一来倒伏罐太重，孩子抱不起来，容易摔碎；二来盐菜不能沾油，如果脏手抓过盐菜，很可能一坛盐菜都要坏掉，生霉发臭。翻转坛子取盐菜的时候，坛子里聚集的奇异浓香，在开罐的瞬间，直冲鼻孔和脑门。当年曾蹲在坛边贪婪闻嗅，多年后依然记得那一股味道，无比治愈。

冬天做的盐菜，到麦收季节正是好吃的时候。新麦磨成面粉，家家都在做手擀面，盐菜切碎，油略微重一些，炒过后加水烧滚，放入面皮一起煮，锅里很快飘出浓郁的香味。

那时的孩子总是馋得要命，肉食太少，成天喊饿。有时，家里大人就取一把盐菜给孩子吃耍。若有同学带盐菜到校，整间教室都会弥漫着盐菜气味。下课时，解开细长蜷曲的青菜叶，一缕一缕地撕下来，两根指头夹住，高高地垂挂下来，张口咬来，慢慢地吃，很香。

做回锅肉，更离不开盐菜。哪怕青蒜苗再鲜、藠头再脆嫩，如果不加入一丢丢盐菜，回锅肉里就会缺少一点滋味。小时候每当家里炒回锅肉，我就守在灶旁边，先撕两片盐菜叶吃着，不时假装添柴，眼睛不离开锅里的肉。程序太熟悉不过了，猪肉熬至灯盏窝形时，依次下豆瓣，下酱油白糖，炒匀，最后下切细的盐菜，盐菜一入锅，瞬间香味滔天。我一边吞口水一边想，今晚一定要拿大碗吃饭！

还有盐菜烩杂鱼。过去河沟里小杂鱼极多，小孩用箢篼、纱网便可捉到，麻沙根儿、白条子、麦穗鱼，都是指头长短，少有人吃，大部分拿去喂鸡鸭。那时家境贫寒，菜籽油珍贵，每年分到人头的不过半斤八两，大人们不舍得做油炸鱼。偶尔心情好，会给孩子做一道盐菜鱼。锅烧热，用南瓜叶子擦一遍锅（如此煎鱼便不会巴锅），小鱼略煎一下，下入蒜片、泡椒和切碎的盐菜，加水烹煮，待汁水收干，再投入一把葱花即可起锅。小杂鱼被盐菜去除了腥味，吃起来香酥软烂，连鱼骨都可吃下。

最不能忘记的，是盐菜烩地木耳。夏天雨后，树林里、沟边田坎一下子冒出许多地木耳，捡回家焯水之后，加入切碎的盐菜、青海椒、泡椒、蒜片、豆豉，一起入油锅爆炒，最后撒点青嫩的蒜苗节，鲜腾腾出锅。地木耳吃起来脆嫩鲜美，十分爽口。如今在乡镇餐馆和农家乐，这道菜依然常见，做法已升级，添加肉臊等，滋味更丰富，口感倍佳，但依然有盐菜在场。离了它，估计很多食客会皱起眉头，一来，不再是小时候的味道了，二来，能够恰到好处地中和地木耳的土腥气的，只有盐菜。

我家冰箱里，至今常年存放着一两把老盐菜，偶尔心绪不宁、胃口不开时，取出一把细细剁碎，用青椒烩一下，厨房里立时溢出浓香。铺在刚蒸好的米饭上，那熟悉的盐菜陈香，就像歌里唱的，“无一可比你”，是来自母亲般的温柔安抚，仿佛在说：好好吃饭，天大的事，吃了饭再说。实则，饭饱心意平，内心自然了无波澜，不再狼奔豕突。

盐菜难登大雅之堂，我一直觉得它是不折不扣的乡巴佬。最近朋友约聚，在一家餐厅吃到鱿鱼丝炒盐菜，美味可口。鱿鱼丝被盐菜压一压，海腥味全无，往嘴里一送，不仅松脆弹牙，还吃出不同凡响的鲜香；盐菜得了鱿鱼之魂，与鱿鱼的味道互相呼应，既不抢位又恰到好处地占据味觉的上风，让人在吞咽时还忍不住回味一下，再次感受它醇厚绵长的陈香。

我由此感叹，老盐菜终于焕发新生，可见在大厨面前，所有食材一律平等。

朋友说，川菜最具创新精神，妙在“其味多变”，如今盐菜做菜，还有盐菜炒鳝鱼、盐菜炖甲鱼……我摇摇头，又点点头，果然今非昔比。

箬竹带来的美味

在成都平原，腊肉粽是不可或缺的美味。碧绿清香的粽叶、烟熏好的腊肉、红豆或巴山子，是成就腊肉粽的重要元素。刚煮好的粽子最好吃，热气蒸腾，剥开一只，浓郁的粽叶香混合着米香、豆香、肉香，山呼海啸而来。一口咬下，咸鲜香浓，尤其是蜀椒带来的香麻，风味独特。

每一颗腊肉粽的美味，都离不开粽叶。粽叶来自蜀地野生箬竹，这种禾本科箬竹属的植物，喜欢生长在温暖湿润的山林中。家乡川西大邑，地理结构呈“七山一水二分田”，除西岭雪山是高山区域，余下三分之二是沟壑丘陵，还有云雾、温差、湿度、土壤等，适宜箬竹生长。山里人家的房前屋后，往往丛簇生长着大量箬竹，方便人们就地取材。箬竹叶面积较大，通常宽10厘米、长40厘米左右，正是包粽子最理想的尺寸。

北方朋友说，他从未见过大邑的这种粽叶。在他的家乡，人们用芦苇叶包粽子。而在海南等热带地区，人们选择芭蕉叶作为粽叶。此外，全国各地因地制宜，桂竹叶、月桃叶、槲树叶、荷叶、蓼叶等，只要叶片够大、韧性够足，并且不割手，都可以拿来包粽子。

我发给朋友一张照片，是腊月里乡镇上买卖粽叶的热闹场景。大邑包粽子用的箬竹叶，闻上去有一股清香和山野之气，给人回归自然的感觉。

竹叶具有对人体有益的叶绿素、氨基酸、矿物质等。李时珍在《本草纲目》中记载，竹叶具有清热止血、解毒消肿等功效。我记得小时候咳嗽不愈，喉咙干且疼痛，妈妈就从屋后摘回一把箬竹叶和竹芯，煎水让我喝，汤汁黄绿，也不苦，喝过几次居然好了。

此外，聪明的蜀地先民早就发现，用箬竹叶包粽子，经水煮后不破，而且竹叶具有特殊的防腐作用，可以延长粽子的保存时间。

一方水土养一方人，一方人创造一方美食。

大邑粽子的包裹方法，也跟别处大相径庭。包粽子是大事，得全家齐上阵，这也是亲情的总动员。父亲从山里摘回新鲜箬竹叶，我和弟弟负责清洗，用毛巾蘸上淘米水（母亲说淘米水最能去污，且能让粽子不巴叶子），把一张张叶片的正反两面都仔细擦洗，放进开水盆中浸泡，再捞出沥干，剪去竹叶的头尾。

粽叶洗好，父亲已经把几截竹子剖开，劈成细细的篾丝，这是用来捆粽子的。篾丝的韧性好，同样有竹香，我总觉得，它比捆扎端午粽的棉线更亲切。

母亲把糯米淘洗得白生生的，再倒进桶里浸泡五六个小时，泡至用大拇指和食指能轻轻捻碎的程度。红豆、巴山子也需要提前泡软。之后，她从灶屋的腊肉丛林里挑出一块五花肉，热水洗净，切成颗粒。五花肉肥瘦相宜，这样做出的粽子才有油气，又不腻。

最重要的环节是和料。川盐、菜籽油、蜀椒、胡椒面、酱油、白砂糖，需要准确把握分量才能咸淡适口，依靠的是经验和直觉。巨大的白色铝盆早已备好，只待各种食材倒入，充分搅拌混合后，大家围坐在方桌周围，就开始包粽子了。

奶奶在世时，她包的粽子最好看，个个紧实，小巧玲珑，样式有倒挂粽、抽丝粽等，十颗一提，大小一致。过年走人户送两提粽子，亲戚们都由衷地赞不绝口。如今，转眼十余载过去，奶奶墓前的柿子树已经长大，年年开花结果。好在包粽子的技艺被姑妈继承，她包得又快又好，每年都会来我家帮忙。

包粽子是个技术活。先将箬竹叶较宽的一头折起来，卷成漏斗状，再舀米进去，尖头处用筷子往里戳一下，确保内馅饱满，然后小心地把粽叶上部扭转过来，最后折叠一下，用篾丝捆牢，一颗棱角分明的粽子就诞生了。上部三角形，下端是好看的尖锥。烤粽子时，这个尖锥焦香酥脆，大家都喜欢吃。

全家人就数我手最笨，至今没学会包粽子。我只能勉强把米料填塞进去，胡乱勒紧捆牢，母亲嘲笑我在捆强盗，说我包的是狗头粽。我说不对，是虎头粽，快过年了，就是要虎虎生风。一家人在包粽子中闲话家常，聊聊过往，说说明天，也顺便八卦一下侄儿的恋情，嘻嘻哈哈，粽子也差不多包完，可以陆续下锅煮了。

厨房里香气蒸腾，新鲜箬竹的香气，通过糯米融化在每颗粽子里。一入嘴，香气便在咀嚼中流向全身，仿佛在向你叙说箬竹吹过的风、淋过的雨。自然的滋味，就是这么让人回味。

过去，腊肉粽可以保存一两个月，如今更加便利，抽真空置于冰箱，保质期更长。要吃时上锅蒸热即可。或切成薄片，用菜籽油煎至两面焦黄，酥脆喷香。最巴适的，是在围炉烤火时，炭火旁放几颗粽子，闲聊中粽子已烤好，香气扑鼻，就着刚沏好的茶，喝一口热茶，咬一口粽子，时光多么缓慢，生活多么悠闲惬意。

屋外霜浓雾重，村子里有人在放鞭炮，噼噼啪啪，嘈杂中又过了一年。农历新年即将到来，也带来新的期盼。箬竹叶包裹的亲情，指向的是岁月静好。

扫码听书

阳崖阴林，紫者上，绿者次；笋者上，芽者次。

蜡梅紫笋

出汤的那一刻，一股熟悉的醇和端正的紫笋红茶香破空而来，携带着丝丝冷冽的梅香，瞬间穿过鼻腔、喉咙，抵达肺腑和丹田，让人顿觉神清气爽。

一朵温柔的火焰

冬日下午，朋友来玩，送来一盒线香、一盆水仙。线香的品质极好，点燃后淡烟袅袅，沉香味与水仙花的新鲜香气混杂在一起，让人有轻微的迷醉之感。

我们一起动手烹煮简单的晚餐，吃毕，天已黑尽。我说，点起炭炉，咱们煮蜡梅紫笋喝吧。最近喝这款茶，感觉咽喉舒爽，气血通畅，身体不像之前那么僵冷。

朋友说，她最近也在调理气血，以前工作太忙，没有好好照顾身体，消耗的精气神太多，到一定时候，肉身便释放出信号。就像地球一直被人类索取和损耗，当它想保护自己时，也会发出一些信号，希望得到足够的照顾。大小宇宙，道理如一。

这一罐蜡梅紫笋，出自峨眉山。

“喉咙不舒服，喝一杯蜡梅紫笋吧。”那天在琴台路，身穿红色汉服的茶艺师伸出纤纤玉手，微笑着为我们瀹茶。茶荷里盛放的是今冬窨制的蜡梅紫笋，乌润油亮的紫笋干茶，朵朵金黄，新鲜得好像才离开树枝。

所谓紫笋，是紫叶红茶，因为茶芽色泽带紫、形如笋而得

名。古人早已发现紫笋茶的妙处，茶圣陆羽在《茶经》里称："阳崖阴林，紫者上，绿者次；笋者上，芽者次。"因为花青素含量极高，所以紫笋红茶甫一出世，便引得茶界关注。我喝过多次，色香味自不必说，它最大的特点是经久耐泡。但是，这一次加入蜡梅花窨制，会有怎样的呈现呢？

于是，净手敛颜，素心以待。出汤的那一刻，一股熟悉的醇和端正的紫笋红茶香破空而来，携带着丝丝冷冽的梅香，瞬间穿过鼻腔、喉咙，抵达肺腑和丹田，让人顿觉神清气爽。

一盏金黄通透的茶汤递送到我们面前，色如琥珀，明亮璀璨，温润清郁，茶香梅香充盈饱满。入口清透，分明是香而滚热，然而感觉上却是冷森森、凉幽幽，细腻柔滑，有类似薄荷的清凉舒适，或者换句话说，有玉一般的质感。一口饮下，喉头处清凉无边，像吞下薛宝钗的冷香丸。

最令人吃惊的是，潜伏在紫笋茶汤里的梅香，穿透力极强，掠过口腔，直抵咽喉深处，并且弥漫扩散，在全身上下各处游走，仿佛打通了体内的奇经八脉，让人浑身舒坦自在。

“好奇妙的蜡梅紫笋！”朋友听毕感叹。我说，此茶煮饮尤佳，因为内含物质丰富，相当耐煮。冬夜凛寒，一盏滚热茶汤，像一簇小火苗，一点点驱走寒意和困倦。

说话间，小陶壶已经咕嘟嘟沸滚，煮出来的茶汤，滋味更浓醇，香气馥郁，一杯下肚，顿觉后背升起暖意。

友人说，蜡梅是冬天里开得最早的花，得阳气之先。在这之前，它一直在尽力吸纳天地之间微弱的阳气，用以蓄积能量、强壮自己。冬至一阳生，忽然一天哗的一声，蜡梅花就开满枝头。所以，蜡梅是最能助长人体阳气的花朵。

2022年底，天气阴冷晦暗，“阳”过之后，我各种不舒服，一向嗜茶的我，甚至连泡茶的兴致也寡淡了。还好，遇到了这款茶。只要连续几盏蜡梅紫笋喝下，仿佛一脚踏进春天，飘浮在温暖的茶香中，如置身芝兰之室。

紫笋红茶制作考究，我曾专程前去峨眉山探访过。春天萌发的紫色芽叶，经过自然萎凋、揉捻、发酵、干燥，方能获得第二次生命。每一步都要小心慎重，尽力成全紫笋醇厚且鲜灵活泼的花果香。尤其发酵时，需要氧气充足，当日的气温、湿度都有可能影响茶叶品质。茶厂里有几十年制茶经验的老人感叹：一辈子看茶做茶，一直在学习的路上。

“造物无穷巧，寒芳品更殊。”（南宋·蔡沈《蜡梅》）蜡梅紫笋，这是春天与冬天结盟的味道，是制茶人为季节创造的如歌行板，它浸透来自土地的记忆、力量和想象。因为蜡梅，紫笋的香气变得蕴藉清婉，增添了几分诗情与浪漫；而芬芳的蜡梅得了茶气，更增加了厚度和底蕴。好茶得来不易，它俩的结合需要天意和人力，一切都要在最恰当的时间里完成。其一，蜡梅花只取小寒初候半开未开，这时芳香物质含量达到顶峰；其二，花与茶的比例要恰到好处，花多则盖住茶香，花少则韵味不足；其三，窨制火候和时间的掌握要恰到好处，尽力保留蜡梅的鲜活与紫笋的醇厚。

制作蜡梅紫笋，费尽心力。然而，人活在世上，到底意义何在？不过是踏实本分地做一些事情，能做出一些好茶，便是对世间有所回馈，善莫大焉。

一壶茶煮到六七泡，茶汤颜色稍减，但依然油润金黄，只是蜡梅的香气渐渐淡了，像一缕悠长的余韵，渐行渐远，终至渺茫。这道茶已经鞠躬尽瘁，其完美的生命过程已经完成，它让我们周身暖和，最终实现能量传递。

茶香淡去，水仙的香气就跳出来了。茶桌上，雪白花朵与葱绿叶片，充满喜悦生机。我们默默看花，身心俱有融化之感，此刻仿佛与万物融为一体。

此刻，进入身体的茶汤像一朵温柔的火焰，温暖着全身每一个细胞。它不仅是在疗愈肉身，也是在疗愈内在。岁末年关，我想起过往的各种奔波劳碌，人需要休息，一心一意地喝茶，再理清头绪，做一些减法甚至清零，重新获得安静，才更有力量善待自己，也更柔软沉着地善待世界。

探秘·食味·光影

扫码加入

作者·文字之外的语言

插画·草木的另一种身影

有声书·植物与文字的声音